それなら、
一旦スライム収納に――
……え？

こちらのキノコは、
どこに置けばいいですか？
聞き覚えのある声に振り向くと――
両手いっぱいキノコを抱えた
シュタイル司祭がいた。

な、なんだ、ユージのこの魔法!?
そ、そもそもこんな威力の魔法はないと思いますけど…
Cランクの重装騎士
ガイア

Cランクの
高威力魔法使い
マーサ
まさか
火球か……？
パーティーリーダーの
Cランク剣士
ルイド

私をテイムするだと…？
やってみるがいい。
古代文明時代に封印された怪物
エンシェント・ライノ

ああ。
試してみよう。

contents

Tensei Kenja no Isekai life

転生賢者の異世界ライフ

～第二の職業を得て、世界最強になりました～

転生賢者の異世界ライフ

～第二の職業を得て、世界最強になりました～

7

Author
進行諸島

Illustration
風花風花

Tensei Kenja
no Isekai life

第一章

chapter 01

Tensei Kenja no Isekai life

『赤き先触《さきぶ》れの竜』との戦いで魔力切れに陥《おちい》った俺《おれ》は、『魔力復帰薬』によって魔力を回復させ、竜の討伐《とうばつ》に成功した。

しかし俺が使った『魔力復帰薬』は本来、賢者の魔力回復には使えないものだった。

それを知ってバオルザードは、俺に尋ねた。

『ユージ、お前はまさか【蒼《あお》の血族】か？』

『……何だその、中二病みたいな名前は？　俺は普通の家庭の生まれだが……』

血族というからには、恐らく種族とか家系とかに関係する単語だろう。

そう思ったのだが……。

『【蒼の血族】に家系は関係ない。人類の歴史に何度か現れた、異常な魔力特性を持った者のことだ』

『異常な魔力特性って……『魔力復帰薬』で、魔力が回復したりとか？』

『ああ。【蒼の血族】が『魔力復帰薬』を使ったという話は聞いたことがないが、その可能性はある』

なるほど。

確かにそういう意味では、俺の魔力は特殊かもしれない。

ただ……いきなり血族がどうとか言われてもな。

『それで……俺が【蒼の血族】かどうかに、何の意味があるんだ？』

『もしそうだとしたら、この世界には『終わり』が近付いていることになる』

『……どういうことだ？』

『文字通りの意味だ。前回の『赤き先触れの竜』のときと同様に人類のほとんどが滅び、ごく一部だけが生き残る。【蒼の血族】はそういうときに現れる存在だからだ』

人類のほとんどが滅び、か……。

また物騒な話だな。

そんなものの予兆になった覚えはないのだが。

『前の文明が滅んだときにも、その【蒼の血族】ってのがいたのか？』

『いた。そいつは力を使い果たす前の『赤き先触れの竜』によって、あっという間に殺されたがな』

なんというか、スケールが大きすぎてよく分からない話だな。

神話でも聞いているみたいだ……というか、恐らくこの話は神話か何かだろう。

世界が滅ぶのは、もうちょっと先にしてほしいのだが……。

具体的には、俺が寿命で死ぬまでは待ってほしい。

まだ死にたくないし。

『死んだり滅んだりするのは、回避できないのか？』

『我らの一族に伝わる説だと……【蒼の血族】は世界を滅ぼす『黒き破滅の竜』を正面から倒せる唯一の存在だ。だが恐らく、成功例はない』

『確かに、成功してたら神話なんかになってないよな……』

もし文明が生き残ったのであれば、その経緯などに関する資料くらいは残っていてもいいはずだ。例えば、その【蒼の血族】がドラゴンを倒し、世界を守った話とか。

それがないということは、『黒き破滅の竜』に勝てた奴《やつ》はいないということなのだろう。

『……無人島にでも引きこもる準備をしておくべきか』

人類がまだ生き残っているということは、ドラゴンは世界の全てを滅ぼすというわけではないのだろう。

主要な大陸などは滅んだとしても、小さい島くらいは生き残る可能性がある。

もし本当に『黒き破滅の竜』とやらが現れたら、大急ぎで逃げ込むとしよう。

それか海底に引きこもるとかもありかもしれない。
スキルで何とか、海底洞窟《どうくつ》を建造できたりしないだろうか。
水面下に潜んでいれば、流石《さすが》にドラゴンも見逃してくれるだろうし。

となると、問題は食料と空気か。
空気は通気口か何かを使って確保すればいい。食料も、俺はそれほど食わないからいいとして……問題はスライムたちだな。

狭い無人島でスライムの反乱でも起これば、俺は生き残れない。
何しろ『スライム収納』なしでは、食料を取り出すことすらできないのだから。
今のうちにあちこちの森を回って、葉っぱでも集めるべきだろうか。

俺はそう思案していたのだが……。

『気の毒だが、逃げても意味はないぞ。もしユージが【蒼の血族】ならな』

『……まさか狙《ねら》い撃《う》ちにでもされるのか？』

『そのまさかだ。ドラゴンからすれば、殺さない理由がない』

確かに、自分を殺せる可能性のある奴が一人だけいるなら、そいつから殺すのが当然か。

ドラゴンにそれだけの知能があるかは分からないが、動物の本能みたいなものは案外馬鹿《ばか》にできないし。

となると……。

『分かった。生き残るには、その『黒き破滅の竜』を殺すしかないってわけだな』

『随分と受け入れが早いんだな。普通、もっとうろたえると思うのだが……』

俺の言葉を聞いて、バオルザードは意外そうな顔をした。

確かに言われてみると、かなり理不尽な状況かもしれない。

『理不尽な状況や無茶振りには慣れてるからな……』

慣れたくなどなかった。でも慣れてしまったのだ。

残念ながら元の世界で働いていた会社では、無茶振りが日常茶飯事《にちじょうさはんじ》だった。

やる前から炎上することが分かっている仕事に放り込まれるくらいなら、まだマシなほうだ。

酷《ひど》いケースになると、すでに人手不足で絶賛炎上中のプロジェクトで3人の失踪者《しっそうしゃ》（ある日突然、会社に来なくなる。まあよくあることだ）が出たところに、なぜか穴埋めとして俺一人が放り込まれたりする。

上司が言うには『一人で3人分働けば大丈夫！』とのことだったが……彼は1日が何時間あると思っていたのだろうか。

前任者も1日12時間くらいは働いていたはずなので、同じ仕事量をこなそうと思えば最低でも36時間は必要だ。

算数ができない上司を持つと苦労するな。

そんな環境で生きてきたものだから、多少の無茶振りはなんとなく受け入れてしまう。

とりあえず『イエス』と答えて、その後でどうするか考えるのだ。

『まずは……薬が必要だな』

『『魔力復帰薬』か？』

『ああ。つまりキノコ狩りだ』

理由は分からないが、とにかく『魔力復帰薬』は効果があった。
あれがあるのとないのでは、戦いやすさが天と地ほど変わってくるだろう。

いつドラゴンが現れるかは分からない。
だからこそ、今のうちに準備をしておこう。

◇

それから少し後。
俺たちは『赤き先触れの竜』が倒れた場所の跡地で、キノコ集めに励んでいた。

『このキノコ、使えそうか?』

『うーん。色がちょっと違う気がするけど、前にユージがやってたのと同じ方法で薄めれば大丈夫だと思う。あのやり方、もう一度やってくれる?』

『ああ。薬を作る時には俺も手伝う』

やってきたドライアドとそんな会話をしつつ、俺たちはドラゴンキノコを拾い集める。

真竜《しんりゅう》は強かっただけあって、キノコが採れる量も質もすごいようだ。

『みつけたー!』

『こっちも、あったよー!』

そう言ってスライムたちが、キノコを持ってくる。

俺が使いたいのは、青色系のキノコだ。

魔力復帰薬の材料になるのは、青いキノコだけだからな。

だが他の色のキノコもドライアドが使うので、とりあえず全部集めることにする。

後で選別して、調合に使えばいいからな。

「こちらのキノコは、どこに置いておけばいいですか？」

「ああ、一旦《いったん》スライム収納に――ん？」

俺は背後からの質問に答えかけて、一瞬固まった。

今、誰《だれ》に話しかけられたんだ？

こんな声や口調の奴、俺の仲間にはいなかったはずなんだが……。

疑問とともに俺が振り向くと――そこにはシュタイル司祭がいた。

なぜかシュタイル司祭が両手いっぱいにキノコを抱えて、俺の目の前に立っている。

「シュタイル司祭、なんでここにいるんだ……？」

「私は神のお告《つ》げに従ったまでです」

司祭は大真面目《おおまじめ》な顔で、そう答えた。キノコを抱えたまま。

実にシュールな絵面だ。

「……まさか、神がキノコ狩りを命じたのか？」

「はい。神はここに来て、キノコ集めを手伝えとおっしゃいました。1本残らず集めろと」

そう言ってシュタイル司祭は、近くにいたスライムの目の前にキノコを置き、またキノコ集めを再開した。

その様子は真剣そのものだ。

なんだか怪しい気もするが……キノコ狩りを手伝ってくれるというのは本当のようだな。

◇

『みつからないー！』

『キノコ、ないよー！』

キノコを集め始めてから1時間ほど経《た》った頃《ころ》。
スライムたちのキノコ発見報告が途絶えたのに気付いた俺は、あたりを見回す。
あちこちキノコだらけだった周囲は、普通の森という感じに変わっていた。
ここ10分ほどは新しいキノコが見つかっていないので、生えたぶんはもう採り終わったということなのだろう。

「よし、こんなものか」

「少し待ってください」

シュタイル司祭は地面に膝《ひざ》をつき、目を閉じて祈るような姿勢を取る。
数秒経って目を開けた彼は1本の木に向かって歩き——回し蹴《げ》りを放った。

バキバキという音とともに、木が根元から倒れる。
そして——地面から1本のキノコが姿を現した。

「これで全部です」

そう言ってシュタイル司祭が、俺にキノコを手渡した。
どうやら、最後の1本が残っていたようだ。

「……今のも神のお告げか？」

「はい」

……神って便利なんだな。キノコ探しにも使えるとは。
っていうか、シュタイル司祭って意外と強いんだな……。
魔法を使うならともかく、俺は木を蹴り倒したりできないぞ。

「……ありがたく使わせてもらう」

そう言って俺は、キノコをドライアドに渡した。

それから少し後。

ドライアドに魔力復帰薬を調合してもらった俺《おれ》は、バオルザードの元へと戻ってきていた。

『キノコ集めはうまくいったか？』

『ああ。薬が３本も作れた』

強いドラゴンだけあって、今回のドラゴンキノコは数がとても多かった。

おかげで魔力復帰薬を３本も作ることができたのだ。

これだけあれば、強敵ともだいぶ戦いやすくなるだろう。

『それはよかった。……む？　そこにいるのは……』

俺の言葉を聞いて満足げに頷《うなず》いたバオルザードは、シュタイル司祭に目を向けた。

見慣れない人間を怪しんでいる、という雰囲気《ふんいき》ではないな。

「お前、もしやシュタイルか?」

バオルザードは少し考え込み、そう尋ねた。

当たっている。

「久しぶりですね、バオルザード」

シュタイル司祭もバオルザードの名前を知っているようだ。

しかも、昔に会ったことがあるらしい。

「知り合いだったのか?」

シュタイル司祭って、昔は王都大教会のナンバー2だったんだよな。

そこまで偉い立場になると、ドラゴンと話すこともあるのかもしれない。

バオルザードはこの地域を守っていたため、人間とも関係のある竜だったようだし。

そう考えていたのだが……。

「どういう風の吹き回しだ？　我が知っているシュタイルは、傭兵《ようへい》団長の荒くれ者のはずだったのだが……まるで司祭か何かのようではないか」

「当時も司祭ですよ。今とは違う教会ですけどね」

「……あれを教会と呼んでいいのか？」

「あんなものでも、死と隣り合わせの傭兵たちにとっては心の支えになっていたんですよ。……当時は、ですが」

どうやらバオルザードとシュタイル司祭が知り合ったのは、随分と昔の話のようだ。

当時司祭は、別の教会に所属していたらしい。

……このシュタイル司祭が傭兵団長とは、ちょっと想像がつかないな。

木を蹴《け》り倒した力は、その名残《なごり》なのかもしれないが。

「お前の教会……確か『蒼月《そうげつ》の教会』といったか。あれはどうなったんだ？」

「解体しました。……いえ、乗っ取られたと言っていいかもしれません」

ん？

なんだか聞き覚えのある名前が出てきたような……。

『蒼月の教会』って、明らかに『救済の蒼月』と名前が似ているよな……。

もしかして、関係がある組織だろうか。

あるいは別名とか……。

「乗っ取られた？『蒼月の教会』の上層部は全員、お前の傭兵団のメンバーだろう？一体誰《だれ》が……」

「彼らは殺されました。私を除いて、一人残さずね」

「殺されたって……」

「表向きは傭兵としての戦死です。しかし実態は……仕組まれたと言って間違いないでしょう。戦いに出なかった者たちも全員、怪しげな儀式に捧《ささ》げられてしまいました」

人間を捧げる、怪しげな儀式か。

これはもう、ほぼ確定と言っていいな……。

「私たちの教会は中身と人を完全に入れ替えて、今は『救済の蒼月』と名乗っているようです」

俺がその言葉を口に出す前に、司祭が答えを明かした。

どうやら彼は、『救済の蒼月』のメンバーだったようだ。

いや、その前身のメンバーということは、今の『救済の蒼月』とは関係ないのかもしれない。

俺は『救済の蒼月』にとって敵と言っていい存在だが、シュタイル司祭は俺に手助けをすることはあっても、邪魔しようとすることはなかった気がするし。

「乗っ取られたということは……お前は我をさらい殺そうとした『救済の蒼月』とは関係ないということか？」

「『救済の蒼月』になってからの教会と私は、何の関係もありません。殺されかけたのは私も同じです」

「……その言葉を信じよう。我が知る『蒼月の教会』は、荒々しいながらも気のいい連中だった。『救済の蒼月』とは似ても似つかん」

「はい。『救済の蒼月』の前身が『蒼月の教会』であることは間違いないですが、中身は全く別物です。バオルザードと会った当時のメンバーのうち、生きているのは私だけですから」

どうやら司祭には、随分と重い過去があったようだ。

しかし、メンバーを丸々殺して教会を乗っ取りか。

『救済の蒼月』の行動にも、少し疑問が残るな。

「そこまでして乗っ取る意味ってあるのか？　全員殺して乗っ取るくらいなら、新しく自分で教会を作ればいい話だよな？」

俺は司祭に、そう訪ねた。
教会の組織を維持したまま乗っ取るというのなら、乗っ取りの意味は分かる。
だがメンバーを全員殺してしまうのであれば、わざわざ乗っ取る意味がない気がする。
教会の財産がほしいのなら、強盗でもしたほうがずっと簡単だろう。

「恐らくですが……我々が持っていた立場がほしかったのでしょう」

司祭は吐き捨てるように、俺の質問に答えた。
それから、言葉を続ける。

「私たちの教会は、外部からも多くの葬儀を引き受けていました。彼らは身寄りのない者がほとんどなので、死体の埋葬までです。通常の教会は高いお金を取るので、貧しい傭兵団ではとても払えません。だから大きい戦いがあると、我々の元にはとても多くの死体が運び込まれました」

「死体の埋葬……なるほど、合法的に多くの人間が確保できるわけか」

人間の死体の使いみちなど、俺には思い浮かばない。

だが『救済の蒼月』の連中にとっては、使いみちがあるものなのだろう。

「あいつらについて、他に知っていることはあるか？」

「分かりません。一つ分かることがあるとすれば……『蒼月の教会』が乗っ取られたのは、私のせいだということです」

「何をやったんだ？」

後悔するように目を伏せる司祭に、バオルザードが先を促《うなが》す。

「教会が乗っ取られる前、私に神からのお告げがありました。教会を解散しろとのお告げです」

「それに従ったのか？」

「いいえ、無視しました。我々の教会がなければ、誰も傭兵たちを弔《とむら》ってはくれませんから。……その1ヶ月後です。私の傭兵団が全滅し、教会が乗っ取られたのは。……初めから神のお告げに従っていれば、あんなことにはならなかった」

お告げに従って教会を解散していれば、そんなことは起きなかった……というわけか。

別に司祭のせいじゃない気がするが、司祭がすぐに教会を解散していれば乗っ取られなかったというのも事実かもしれない。

「神の言葉に従って動くようになったのは、その件があったからか？」

「はい。以前から神の言葉に従ってはいましたが……逆らうのを完全にやめたのは、それからです」

つまり、その神というやつが敵になったら、司祭も敵になるというわけか。
だが『救済の蒼月』が『蒼月の教会』を乗っ取るのを防ごうとしたり、デライトの青いドラゴンを倒すのを手伝ってくれたりと、今のところ神は俺たちの味方のようだな。
『救済の蒼月』の関係者というのは少し気になるが、今のところは信用してもよさそうな気がする。

「ふむ。では我々が神に逆らえば、貴様は我を殺すこともあるというわけか」

「え？　……いや、殺しませんよ」

司祭は何でもないことかのように、バオルザードの言葉に答える。
意外な顔をするバオルザードに向けて、司祭が言葉を続ける。

「神が『逆らう者を殺せ』と仰《おっしゃ》られたら、私は殺します。しかし神が『殺せ』と言わない限り、私は殺しません」

なるほど。

神の意思を推定して動くのではなく、あくまで『命令されたこと』に従うというわけか。

「とはいえ……神がそうお命じになる可能性は、極《きわ》めて低いと思います」

「そうなのか？」

「はい。簡単な話で、神は私に不可能なことをお命じになったことがないからです。……そうでなければ神は私に『教会を解散しろ』ではなく『教会を乗っ取りに来るやつを返《かえ》り討《う》ちにしろ』と仰ったことでしょう。そのほうがずっと従いやすいですし、教会を乗っ取られることもありませんでした」

司祭が信じる神は、なかなか現実的なようだな。

確かにいくら不意打ちを仕掛けたところで、バオルザードを殺すのは難しそうだ。

とはいえ……。

「バオルザードはともかく、俺のほうは殺せそうだが……」

俺は確かに魔力が多いし、高出力の魔法を使うこともできる。

だが基本的に、俺はただの人間だ。

首をはねられれば死ぬし、心臓にナイフでも突き刺されれば死ぬだろう。

「いえ、ユージさんを殺すこともできません。これは神の下僕《しもべ》としてでなく、元傭兵としてのカンですが……正直言って、殺す方法が思い浮かびません」

うーん。

過剰評価な気がする。

確かに『終焉《しゅうえん》の業火《ごうか》』とかの攻撃力は高いが、所詮《しょせん》は攻撃だけの話だからな。

まあ、これから暗殺を狙《ねら》われることも多くなるかもしれないし、防御系の魔法も覚えておくことにするか。

そんなことを考え、俺は手持ちの魔法を探してみる。

すると……『防御強化・極《きわみ》』という魔法が見つかった。

これでも使っておくことにしよう。

「とりあえず、俺を殺す気がないのは分かった。それはいいとして……『救済の蒼月』の弱点とか知らないか？」


俺たちにとっての敵は、ドラゴンだけではない。

『救済の蒼月』は相変わらず、十分な脅威《きょうい》だ。


むしろ下手《へた》すると、連中はドラゴンの手助けをしかねないからな……。

『万物浄化装置』を使った時にはドラゴンを倒そうとしていたみたいだが、結果としては世界が滅ぶのを早めようとしていただけだったし。

あれで俺かバオルザードあたりが巻き込まれて死んでいたら、誰も『赤き先触《さきぶ》れの竜』が生まれたことにすら気付かず、そのまま世界は滅んだことだろう。


それに……神話では『黒き破滅の竜』が出るなどと言われていても、本当にそれが出てくるとは限らない。

実際に大陸を滅ぼしかけているあたり、『救済の蒼月』のほうが危険なくらいかもしれない。

ということで、今のうちに『救済の蒼月』を潰《つぶ》すか、弱体化させておきたいというわけだ。

「弱点ですか。……リーダーを潰せれば一番いいのでしょうが、残念ながら私はその名前すら知りません。乗っ取りの際に潜入していた連中は、下っ端のようでした」

「じゃあ、例えば傭兵の葬儀をできないようにするとかはどうだ？」

司祭の話だと、『救済の蒼月』は傭兵の葬儀を引き受けるふりをして、その死体を利用していたらしい。

わざわざ組織を乗っ取ってまで死体を入手できる立場を得たということは、彼らにとってそれは相応の意味があることなのだろう。

「今の話だけでその結論にたどり着くとは……さすが戦い慣れていますね。対組織戦も得意なのですか？」

「いや、別に戦い慣れてはいないが……相手の嫌がりそうなことをやるっていうのは、戦いの基本だからな」

「その『基本』が分かっている人は、案外少ないのですが……それはひとまず置いておきましょう。実はその案は、すでに実行しています」

もうやってたのか。
まあ、自分の教会を乗っ取られた身としてはやって当然ともいえる。
元同業者が『救済の蒼月』なんかに使われていたら、いい気はしないだろうし。

「傭兵の葬儀を『蒼月の教会』が引き受けてきたのは、王都大教会での葬儀には高いお金がかかるからです。教会が無償で引き受けることにしたら、『救済の蒼月』への依頼はほとんどなくなりました。傭兵以外でも、身寄りのない死者は王都大教会で葬儀を行うことになっています」

「よく財源が確保できたな……」

葬儀を無料で行う。
言うのは簡単だが、件数を考えるとものすごいコストがかかるはずだ。
それを提案して受け入れられてしまうのか。

「神のお告げと、周囲の方々の協力あってのことです。しかし弱点ですか……そういえば、ひとつ潰しあぐねているものがありました。奴《やつ》らの財源です」

「確かに、連中の活動は金がかかりそうだな……」

何しろ一つのアジトだけでも、100人を超える『救済の蒼月』構成員がいたりするのだ。

オルダリオンのように普通の住民のふりをして潜入している構成員は、普通に仕事をして金や食料を得ることができるだろう。

だが、それ以外の――アジトに隠れ潜んでいる連中は、金や食料を自力では調達できない。

連中がアジトで農業をしているなんて話も、聞いたことがないし。

構成員に必要な1ヶ月分の食事だけで、一体いくらかかるのか……。

そう考えていくと、連中にとっても金の確保は重要な課題なのだろう。

実際、連中がリクアルドで大寒波《だいかんぱ》を引き起こした時にも、必要になる薪《まき》を高値で売りつけようとしてたしな。

「連中の財源は分かってるのか？」

「フドルアという領地が、連中にとって大きい財源になっていることは分かっています。ただ……政治的な理由で、今まで潰しあぐねていました」

「……『救済の蒼月』に、領地なんてあるのか……」

「オルダリオンと似たようなものです。中身を合法的な形で乗っ取り、手が出せないようにする……奴らが時折使う手です。潜入が始まった時期からして、恐らく『蒼月の教会』より何十年も前にフドルアは乗っ取られ、奴らの地盤になっていたのでしょう」

何十年も前か。

『救済の蒼月』って、いつからあるんだろうな……。

名前が『救済の蒼月』になったのはシュタイル司祭が教会を乗っ取られてからのようだが、その前はもっと別の名前があったのだろう。

それはそうとして……。

「連中はオルダリオンとかも持ってるんだよな？　なんでフドルアが重要なんだ？」

「税収が多いからです。あそこは弱い割に美味《おい》しい魔物が多く、いい狩場なんです。彼らはそこに高率の税金をかけることで、あの領地はすごい収益を上げています」

「それを潰すと、周囲の領地や一般人が巻き添えを食うわけか？」

いい狩場ということは、住民たちにとっては貴重な食料源のはずだ。

それを潰してしまうとなると、関係のない一般人も食糧不足に悩むことになる。

大陸全部が滅ぶよりマシといえばマシだが……あまりやりたくはないな。

「はい。魔物の密猟も検討しましたが、それが理由で断念しました。政治的にも、露見《ろけん》するとかなり危険ですからね」

「じゃあ、魔物に自分から移動させるのはどうだ？　追い立ててから隣の領地あたりで狩れば、抜け道になりそうな気がするが」

「それができるといいんですが、フドルアには魔物が好む植物……『フドルアマタタビ』が生えています。あれがある限り、魔物は簡単には動かないかと」

「つまり……その植物を刈り尽くしてしまえば、魔物は勝手にいなくなるわけだな」

「フドルアマタタビはフドルアの森全域に散らばっていますので、刈り尽くそうと思えば膨大な人手が必要になります。あまり現実的ではないかと」

山を丸裸にするとか、確かに人間ができることじゃないな。

それこそ侵略的外来種の大発生でもない限り、山一つ分の植物なんて潰せないだろう。

だが、それを可能にする奴らを俺は知っている。

奴らはバオルザードの森に大発生し、山を禿《は》げ上がらせた。

植物にとって天敵とも言っていい連中だ。

「悪いやつらの、しきんげんをたつぞー！」

「魔物を集める葉っぱを、やっつけるぞー！」


その侵略的外来種――スライムたちは、いつになくやる気を出していた。

スライムたちの瞳《ひとみ》は、『救済の蒼月』の資金源を破壊するという使命感に燃えている。

うん。仕事熱心で何よりだな。

よだれを垂《た》らしながら言っているあたり、やる気のほどが伝わってくる。

この除草部隊は、誰よりも真面目《まじめ》に働いてくれることだろう。


「……スライム、ですか？」


どうやらシュタイル司祭は、このスライムについて詳しいことを知らないようだ。

俺たちの居場所は分かるのに、スライムのことは分からないとは……随分アンバランスな知識なんだな。


まあ、神はあまり重要でないことまでは教えてくれないのかもしれない。

与えられている指示も、かなり大雑把《おおざっぱ》なものなのかもしれない。

「実はこいつらは、草刈りのスペシャリストでな。……周囲の森を見て、何か思わないか？」

そう言って俺は、あたりを見回す。

司祭も同様に周囲を見回して――呟《つぶや》いた。

「植物が少ないですね。あなたの戦いの余波《よは》だと思っていましたが……もしかしてこれは、スライムたちの仕業《しわざ》ですか？」

「ああ。こいつらが食ったんだ」

それを聞いてシュタイル司祭が、少し驚いた顔でスライムを見る。

まあ、このスライムがそんなに食うとは思わないよな……。

今は合体して集まった状態なので、数は分かりにくいし。

「とりあえず、その領地の場所を教えてくれ。スライムたちを派遣しよう」

「……分かりました。地図のここがフドルアです」

そう言って司祭は、地図を取り出した。

ここからそう遠くない場所に、フドルアという地名が書かれている。

このくらいの距離なら、スラバードがあっという間に運んでくれるだろう。

別に俺が自分で行かなくても、後は勝手にやってくれるはずだ。

むしろ問題は、どのくらいのスライムを行かせるかだな。

普通に志願制にすれば、俺の手元には全くスライムが残らないだろう。それではあまりに無防備だ。

今はスライムの数もだいぶ増えたとはいえ……1割か2割くらいは残しておきたいところだな。

ということで、俺はスライムたちに告げる。

『スライムのうち半分を除草部隊として派遣する』

こいつらの『半分』は信用できない。

もし俺が『9割を派遣する』などと言った日には、俺の手元に残るスライムは3匹がいいところだろう。

『半分』と言っておけば、大体ちょうどいいくらいになる気がする。

『わかったー！』

そう言ってスライムたちは——喧嘩《けんか》を始めた。

まだ最後まで言ってもいないというのに。

『あ、喧嘩した奴は居残り確定な』

『し……してないよー！』

『なかよしー！』

そう言ってスライムたちは、表面上仲直りをした。

とはいえ、このままメンバーを振り分けてもうまく行かないのは明らかだ。

そこで俺は、手を打つことにした。

『採った植物のうち半分はスライム収納に入れておいてくれ。後で不参加者にも平等に分配したいからな』

『『はーい！』』

聞きわけのいい奴らだ。

守る気は全くなさそうだが。

『葉っぱの量はちゃんとチェックする。不正した奴は強制送還な』

『『わ、わかった！』』

こう念押ししておけば大丈夫だろう。

スライムの扱いにもだいぶ慣れてきた気がする。

『じゃあ相談して葉っぱチームと居残りチームを決めてくれ。喧嘩は禁止な』

『『はーい！』』

そう言ってスライムたちは、チーム分けについて会議を始めた。

どうやら分配について伝えておいたかいあって、スライム会議はスムーズに進んでいるようだ。

そして平和的に……スライムが9対1に分かれた。

『半分に分かれろと言ったはずだが……』

『わかれたよー！』

そう言ってスライムたちは、半々に分かれたことを主張する。

スライムは合体すると数が分かりにくくなるが……明らかに大きさが違うんだよな。

合体した数が増えるほどスライムは大きくなる。
1匹や2匹では違いが分からないことも多いが、10倍近い差があれば分かって当然だ。

『大きさで分かるぞ』

『えー！』

『同じ大きさだよー！』

そう言って9割のスライムたちが、精一杯体を縮めようとする。
1割のスライムたちは体を大きく見せようと、平らに潰れて面積を増やしているようだ。

こいつら共犯か。
送り込まれるスライムの数が増えれば、居残るスライムの取り分も増えるわけだし。
仲良くするのもそれはそれで考えものだな……。

あくまで半分だと主張するつもりなら、小さいほうの『半分』をフドニアに送り込んでやろうか。

そうすれば、スライムたちも反省するだろう。

一瞬そう考えたが……数が多いほど草刈りのペースも上がるのは事実だ。

元々、9割くらいのスライムは派遣するつもりだったしな。

『分かった。……スラバード、こいつらを運んでくれ』

『うんー！』

そう言ってスラバードは、合体して大きくなったスライムを重そうに運んでいった。

フドルアマタタビが食い尽くされるのも時間の問題だろう。

「さて……とりあえずは結果待ちだな。俺は適当な場所に泊まっていくが……司祭はどうするつもりだ？」

「神に祈りに行きます。……また近いうちに、お会いすることになると思いますが」

司祭はそう言って、山を下っていった。

歩いていく方角からして、バオザリアあたりの教会だろう。

俺は……バオザリアには戻らないほうがよさそうだな。

あそこは逆に暮らしにくい。そのことはこの前思い知った。

第三章

Tensei Kenja no Isekai life

翌日。
隣町で目を覚ました俺《おれ》は、『感覚共有』を介して作戦の結果を調べていた。
だが状況は予想通り、詳《くわ》しく調べるまでもない有様《ありさま》のようだ。

「これはひどい……」

俺が昨日、現地に到着したスラバードから見たフドルアの森は、青々と茂っていたはずだ。
だが一晩たった今、フドルアの森は――『森』と呼んでいいものか分からないものになっていた。

木は葉を失って枯《か》れ木と化し、地面は全ての植物を失って赤茶けている。
小魚を食い荒らすブラックバスでも、ここまではやらないだろう。
まさに侵略的外来種だ。

たまたま『感覚共有』を使ったスライムの位置だけがひどい有様なのかと思い、他のスライムにも『感覚共有』の対象を移してみる。
だが、見える景色はあまり変わらなかった。

『たべるー！　たべるよー！』

『おいしいー！　あははー！』

スライムたちはもう半日以上除草作戦に励んでいるはずだが、まったく疲れる様子を見せずに除草を続けている。
というか、普段より随分とテンションが高い気がする。
猫はマタタビで気分が良くなると聞くが、魔物にはフドルアマタタビということだろうか。

とりあえず、被害範囲を調べておく必要がありそうだな。

『スラバード、一度飛んでくれ』

『えー、ぼくもたべるー!』


どうやらスラバードも『除草』で忙しいようだ。

まあ、こいつは空飛ぶスライムみたいなものだからな……。

基本的な思考回路は同じなのだろう。


であれば、説得は簡単だ。

俺はスライム全員に伝えるよう設定していた『魔物意思疎通』を、スラバードとの個別通信に切り替える。

そして、スラバードに向けて囁《ささや》いた。

『お前の分だけ、葉っぱの配分を増やそう。スライムたちには内緒だぞ』

『わかったー!』

交渉成立。スラバードは飛び立った。

すると……変わり果てたフドルアの姿が見えてきた。
スライムによる食害が明らかになると、『救済の蒼月《そうげつ》』も対策を打ってくるだろう。
だからバレ始めた後は規模を縮小し、ゲリラ的に除草を行う必要がある。
そう考えていたのだが……どうやらその必要はなかったようだ。
地図で『フドルアの森』とされていた場所は、ほぼ全域が茶色になっている。
対策が取られる前に、フドルアマタタビはほぼ全滅したようだ。
今スライムたちが食べているのは、フドルアの森にごく一部だけ残った緑の部分だ。
だが、その部分もすぐになくなるだろう。
スライムたちが森を食い尽くすペースは、ここまでだったか……。
どうやら俺は、スライムの本気を舐《な》めていたようだ。
『っていうか、なんかお前ら増えてないか？』

俺は自分がテイムしているスライムの数を、正確には把握していない。
とはいえ、その数は確か4桁《けた》……つまり数千匹程度だったはずだ。
しかし今スラバードの視界に映るスライムは、1万匹近いように見える。
気のせいだろうか……？
そう考えていると、スライムたちの声が返ってきた。

『ふえたよー！』

『いっぱいたべると、ふえるよー！』

そう言ってスライムたちは、分裂し始めた。

なるほど。
そういえばスライムって、合体すると大きくなるよな。
そして、大きいスライムは分裂できる。

この『大きいスライムは分裂できる』という条件は、合体したスライムに限らないというわけだ。

たくさん食べて大きく育ったスライムは、分裂して増える。

その結果、スライムが食う食料はさらに増える……と。


このループ、結構まずくないだろうか。

下手《へた》をするとこの国、いつかスライムに食い尽くされるぞ。

自然界だとスライムはどんどん死ぬからバランスが取れているのだろうが、俺のスライムは1匹も死んでいないからな……。


『食糧問題については、ちゃんと考える必要があるな……』


恐らくスライムの食事量は、自分で結構コントロールできるのだろう。

普段からよく食う奴《やつ》らだが、流石《さすが》に山を食い尽くすほどの量を食ったりはしないし。


とはいえ、数が増えるほど必要な食料は増えるだろう。

これからはあまりスライムが増えすぎないように気をつけるべきかもしれない。

つまり、スライムにダイエットをさせるというわけだ。

……などとスライムたちが聞いたら猛反発しそうなことを考えつつ、俺は魔物の動向を観察する。

今回俺は魔法転送による攻撃を行っていないので、魔物たちは1匹も死んでいない。

食料を失った魔物たちは、徐々に移動を始めているようだ。

気になるのは『救済の蒼月』の動向だな。

居残り組の一部を回した偵察によって、フドルアが『救済の蒼月』の資金源となっていることの裏付けは取れた。

だがフドルアが『救済の蒼月』にとってどの程度重要な都市なのかはまた別の問題だ。

フドルアを潰《つぶ》したところで、『救済の蒼月』にとっての影響は小さかった……という可能性もある。

そういった調査をするとなると……。

「とりあえず、オルダリオンか」

オルダリオンは、『救済の蒼月』によって支配されている都市だ。

『救済の蒼月』にとってあまり重要な拠点ではないようで、監視の目はそこまで厳しくない。

それでいて、『救済の蒼月』にとって重要な命令があれば届く。

つまり、監視にちょうどいいわけだ。


俺があえてオルダリオンを滅ぼさず、スライムによる監視を続けているのは、こういった時に監視拠点として使えることが1つの理由だ。

一般人もいる街なので『終焉《しゅうえん》の業火《ごうか》』とかで焼き尽くせないというのも、大きい理由なのだが。


ちなみに監視対象には、今度からフドルアも加わる。

連中にとって重要な拠点であれば潰しておくべきだが、フドルアマタタビさえ食い尽くしてしまえば、あとは普通の領地のようだし。

◇

「上層部からの定期連絡だ」

「……今回は分厚いな。何か起こったのか」

「そのようだな」

スライムたちがフドルアマタタビを食い尽くした翌日。

オルダリオンに一通の手紙が届いたのを、俺のスライムは監視していた。

「前半部分は、いつもの定期連絡か」

定期連絡の中身にはいつも、食料などの状況について書かれている。

だが……その中身はかなり細かく隠蔽《いんぺい》が施《ほどこ》されていて、ただ読んだだけでは理解ができない。

例えばオルダリオンの税収の報告は、3つに分割されている。

マリシア、ルイゼスト、ラミナルトという3つの名前が報告書に書かれていて、その3つの合計がオルダリオンの税収というわけだ。

ちなみにマリシアという都市は実在するようだが、『救済の蒼月』は関係ないことはスライムによる偵察で分かっている。

恐らく、この定期連絡自体が流出した場合のことを考えて、こういった形になっているのだろう。

定期報告を見ただけでは『救済の蒼月』が持っている都市の名前はおろか、数すら分からないというわけだ。

手紙の輸送に使われる伝書鳩《でんしょばと》も使い捨てのようで、毎回すぐに殺して食われてしまうようなので、帰り道を追跡して輸送元を特定することもできない。

つくづく尻尾《しっぽ》のつかみにくい組織だ。

そんなことを考えつつ俺は、『救済の蒼月』の男たちが定期連絡を読む様子を観察する。

隠蔽された情報の中身を知るには、読める奴の反応を見るのが一番だ。

「冒険者ユージを低優先度の要注意観察対象に指定……ふむ。ギルドに潜入していた連中が言っていた奴のことか」

早速俺の名前が出てきたな……。

これはバオルザードのせいだろうか。

あれだけ大々的に『ユージに助けられた』などと言えば、『救済の蒼月』に伝わっても不思議ではないだろう。

俺が助けたことは内緒にしておくように、バオルザードに伝えておくべきだったかもしれない。

ただ、『低優先度』というのが少し気になるな。


「理由は？」

「詳細は書かれていないが……『万物浄化装置』の起動を妨害し、上層部の計画を破綻《はたん》させた可能性があるらしい。まあ念のため、重要作戦の区域付近にいれば監視という程度だな」


報告書を読む男の声を聞いて、もう一人の男が驚いた顔をする。

そして、怪訝《けげん》な顔で尋ねた。


「……それで、なんで低優先度なんだ？」

「罠《わな》の可能性が高いから……ということだ。『万物浄化装置』を妨害した者がいるとすれば高位解呪《かいじゅ》魔法の術者らしい。テイマーが高位の解呪魔法を使う可能性はゼロといっていいからな」

「なるほど。確かに言われてみれば……テイマー風情《ふぜい》に『万物浄化装置』の起動を妨害できるとも思えん。罠と考えるのも妥当か」

「ああ。情報源に関しては詳しく書かれていないが、罠としか思えないような不自然な漏《も》れ方だとのことだ。……十中八九、罠だろうな。ユージという奴はただの捨《す》て駒《ごま》で、周囲に仲間が張り込んでいるのだろう。手を出すだけ割に合わないな」

ドラゴンの件は組織末端には秘密なんだな。

計画の詳細がバレると対策も立てやすくなってしまうので、味方にも隠しておいたというわけか。

……だがどうやら、意外とだませていたようだ。

情報の漏れ方がお粗末《そまつ》すぎて、逆に信用されなかった……という感じだろうか。

微妙に納得いかない気もするが、まあ結果に問題はない。

「あえてユージに手を出して、その反応から真犯人を探《さぐ》るというのはどうだ？」

「その必要はない。真犯人は本部が血眼《ちまなこ》で探しているようだから、見つかるのも時間の問題だろう」

男はそう答えてまた、資料に目を落とす。

そして、目を見開いた。

「なっ……フドルアが⁉」

今度こそ本当に驚いた声だ。

スライムの視界から見る限り、そのページには『フドルア』などとは書かれていないが……

恐らく、そういう意味の符丁《ふちょう》が使われているのだろう。

資料の中身は後で話の内容と突き合わせて、解読に役立てるとしよう。

「フドルアがどうしたんだ？」

「あの土地に生えていた植物が、フドルアマタタビを含めて全滅したそうだ」

「全滅⁉　……原因は？」

「書かれていない。たった一晩で全滅したそうだが……この書き方だと恐らく、本部としても把握できていないのだろうな。我らをよく思わない者からの攻撃の可能性もある」

「……ありえない。あの広大な土地の植物を一晩で根絶やしにするなど不可能だ」

「だが、実際に起きたことだ。この報告書に嘘《うそ》が書かれていないことは、お前も知っているだろう」

その言葉を聞いた男は、頭を抱えた。

どうやらフドルアマタタビは、連中にとっても重要な物資だったらしいな。

まさかスライムに食い尽くされたなどとは、夢にも思わないだろう。

俺も実際に見なかったら、多分信じなかっただろうし。

「……フドルアなしで、『救済の蒼月』の財政はもつのか?」

「少なくとも、今の活動体制を維持することは不可能だろうな。我らが日々の糧《かて》を稼ぐことにとらわれず活動するために、フドルアは重要な役目を果たしていた」

「では、今後は……」

「研究活動や工作活動に投下する人手を減らし、組織を支えるための人員を増やすとのことだ。新たな収入源を探すことになるだろうが……小規模な犯罪では収益もたかが知れている。なかなか難しいだろうな」

どうやら、効果は小さくなかったようだ。

今まで『救済の蒼月』が謎《なぞ》の技術力を持っていたのは、その『研究活動』とやらのおかげなのだろう。

その資金が断てたとなれば、今後はだいぶ戦いやすくなるかもしれない。

「それに伴《ともな》って、研究用の人員200名がオルダリオンに送られるとのことだ」

「200名⁉　そんな人員を一体何に使うんだ⁉」

……200人。

オルダリオンは恐らく1000人もいないので、200人増えるとなるとかなりの衝撃だろう。

問題は、その理由だが……。

「彼らには農業をやらせるから、畑の開墾《かいこん》を進めてくれとのことだ」

「……は？　農業？　本部で研究を担っていたエリート工作員たちに、農業をやらせると？」

「ああ。そうでもしなければ彼らも餓死《がし》することになる。……本部の食糧生産能力は小規模だからな。背に腹は代えられんということだろう」

『救済の蒼月』の工作員が、農業とは……。

フドルアを潰した効果は、どうやら思ったより大きかったようだ。

逆に言えば、彼らがもし本部に呼び戻されることがあれば、『救済の蒼月』が新たな資金源を手に入れたサインだと思ってよさそうだな。

その時には『魔法凍結・中』あたりで、帰路《きろ》につく工作員たちを凍らせるのがいいだろう。

監視拠点としてのオルダリオンの価値がまた上がったというわけだ。

「最後にだが……内通者や資料の盗難、盗聴などの内偵《ないてい》行為に警戒しろとある」

「なぜだ？」

「『万物浄化装置』は、まるで我らの計画の詳細が分かっていたかのように最悪のタイミングで妨害を受けた。さらに重要拠点であるフドルアまで潰されたとなると……我らの情報が、敵対する何者かに流れている可能性が高い」

「なるほど。『万物浄化装置』の場所まで分かっていたとなると、内偵を受けているのはこのような辺境ではないはずだが……一応確認しておくか」

「……そうだな。重要拠点の警備レベルを考えれば、敵が小規模拠点を多数監視することで情報を集めている可能性は否定できん。小規模だからといって警戒を怠《おこた》るわけにはいかん」

そう言って二人は、周囲を見回し始めた。

さらに扉を開けたり、床板が剝《は》がれないかどうかを確認したり……およそ人間が隠れられそうな場所は片《かた》っ端《ぱし》から見ているようだ。

『やばいー！　みつかるー！』

見つかることを恐れ、天井《てんじょう》に張り付いているスライムが逃げようとする。

だが、俺はそれを制止する。

『下手に動くと逆に見つかりやすくなる。落ち着いてじっとしていてくれ』

『わかったー！』

俺のスライムには何重もの隠蔽魔法が施されている。
じっとしていれば、直接触られでもしない限りは見つからないだろう。
元々スライムたちは『人間では入れない場所、触れない場所』を選んでいるので、直接触られる可能性も低い。

だが動けば話は別だ。
スライムにだって重さはあるので、張り付いている天井がきしんだりして音が立つ可能性がある。
おとなしく待っているのが、一番見つかりにくいというわけだ。

「やはり、誰《だれ》もいないようだな」

「当然だな。我らの監視網をくぐり抜けられる者がいるわけがない。ここは『救済の蒼月』の拠点の中では小規模だが、警備のレベルは最高に近いと自負している。愚かにも情報を漏らしている間抜けが他支部にいるのだろう」

「……まったく、嘆《なげ》かわしい限りだな。情報を盗まれている奴らは『救済の蒼月』としての自覚を持ってほしいものだ」

『救済の蒼月』の言葉の刃《やいば》が、彼ら自身に突き刺さりまくっている……。

本当に監視されているのが自分たちだと気付いたら、彼らはどんな顔をするだろうか。

とりあえず、俺がオルダリオンを監視していることはバレていないとみてよさそうだな。

とはいえ演技ではないとも言い切れないので、一応行動の様子も見ておくか。

それから少し後。

俺《おれ》はスライムたちをオルダリオンのあちこちに散らばらせて、『救済の蒼月《そうげつ》』の連中の動向を監視していた。

『なにもないよー！』

『畑しかないー！』

どうやら今のところ、『救済の蒼月』の連中はおとなしく畑を開墾《かいこん》しているようだ。

もし作物が実っていたらスライムたちに食い荒らしてもらうという嫌がらせを実行してもよかったのだが、まだ実っていないようだな。

『たべていいー？』

と思ったのだが、スライムたちは食う気のようだな。
しかし……。
『一体何を食う気だ……？』
『葉っぱー！』
そう言ってスライムは、畑に生えた植物の芽を指した。
重さにして10グラムもなさそうな、本当に芽が出た直後といった雰囲気だ。
若芽すら食い荒らすのか……。
『いや、食う場所なんてないだろ』
『でもほら、わるいやつの邪魔《じゃま》できるし！』
ああ、そのあたりは意外と真面目《まじめ》に考えてるんだな。

どうやらスライムたちにも正義感はあるようだ。

とはいえ……。

『いや、今はやめておけ』

『えー！　たべないのー？』

今の『救済の蒼月』たちは、無害な村人だ。

普通に農業をやっているというのに、食い荒らしたら可哀想《かわいそう》じゃないか。

それに……。

『もっと育ってから食べたほうが美味《うま》いと思うぞ。今食い荒らしても植え直されそうだしな』

『たしかにー！』

『そだつの、まつー！』

どうやら説得に成功したようだ。

何の罪もない村人たちの畑は守られた。

『食べるなら、森に行くのはどうだ？　美味《おい》しい葉っぱがあるかもしれない』

『たべるー！』

『うんー！』

たとえ敵の領地の中であっても、森の中の草を食べたくらいでバレるとは考えにくい。

そして、俺がわざわざスライムたちに森の草を食べるよう提案した理由は、もちろんただ食事のためというわけではない。

『一箇所からたくさん食べるとバレやすいから、広範囲から少しずつ食べるんだぞ』

こう言っておけば、スライムたちは自ら森の中をくまなく探索してくれるというわけだ。

森の中に研究施設などが隠されていたとしても、餌《えさ》となる草を探すスライムの目は逃れられない。

探索対象がスライムの餌場となるような場所の場合、このやり方のほうがいいということを、俺は今までの経験で知っている。


『わかったー！』


そう言ってスライムたちは、森の中へ散らばっていった。

他のスライムとかぶらない場所を確保すべく我先にと移動するスライムたちによって、あっという間に監視網が構築される。

もっともスライムたち自身は、監視網を作っている自覚はないだろうが。

◇

それから数十分後。

スライムたちがあまり一箇所を集中的に食い荒らさないよう見張りつつオルダリオンの調査を続けていると、気になる地形が見つかった。

「これは……怪しいな」

見つかったのは地下室だ。

入り口付近だけ草が生えていないので、恐らく入り口は最近開いたものだろう。

このタイミングで新しい洞窟《どうくつ》となると……かなり怪しい。

実は連中が盗聴に気付いていて、会議ではただの農民を装いながら何かを企《たくら》んでいた……という線もある。

他に似たような場所が複数あってもおかしくないな。

まずは領地の中をあらかた調べてから、内部の調査に移るとするか。

◇

『一旦集まってくれ』

『『わかったー！』』

領地をあらかた調査し終わり、他に調査対象がないことを確認した俺は、スライムたちを地下室のあたりに集めていた。

かなり広い森だったため、スライムたちも満足したようだ。

『罠《わな》があるかもしれない。気をつけて入ってくれ』

『わかったー！』

『おそと、みてるねー！』

外からの襲撃に備え、スライムのうち半分ほどは洞窟の外で待機してもらった。

そして突入組には防御系や隠蔽《いんぺい》系の魔法を付与しておく。

あまり大勢で突入すると補助魔法の手が追いつかなくなるので、最初は少数精鋭での突入がいいだろう。

『よし、突入だ！』

『おおー！』

そう言ってスライムたちは、地下室の中へと入っていく。
だが……その中にあったのは、予想とは違うものだった。

『ほんだー！』

『なんか、みたことあるー！』

地下室の中にあったのは、本棚だった。
どうやらとても古い洞窟らしく、ボロボロになった本や、ほとんど風化している本もある。
だが……その中には、見たことのある本があった。

「……なんでこの本が……」

――『神滅《しんめつ》の魔導書《まどうしょ》』。

俺がこの世界に来た直後に読んだ魔導書のうちの一冊だ。

恐らくこの本は、今の世界で普通に流通しているものではない。

というのも……この本に書いてあった魔法の一つである『終焉《しゅうえん》の業火《ごうか》』は、この世界で一般的に知られたものではないからだ。

とはいえ、『救済の蒼月』であれば、この魔導書を持っていても不思議ではない。

連中が使う魔法は、普通のものではないみたいだし。

だが……中の様子を見る限り、この洞窟は『救済の蒼月』が使っていたものではなさそうだ。

というのも、洞窟の中には土埃《つちぼこり》などが積み重なっているにもかかわらず、足跡や人が触った跡が全く見当たらないからだ。

部屋の中に積み重なった埃は、スライムが少し触れただけで分かりやすく跡がつくほどだ。

もし『救済の蒼月』が立ち入っていたとしたら、絶対に痕跡《こんせき》が残る。

となると……この地下室は、自然に地上に姿を現した、と考えたほうがいいだろうな。

入口は別に人工的に壊された様子ではなかったので、恐らく風化によるものだろう。
そして、第一発見者はスライムたちというわけだ。

『いきどまりー！』

『この部屋だけみたいー！』

どうやら他に部屋はないようだな。
俺がこの世界に来た時に本を見つけた場所も、小さな建物だった。
なんだか似ているな。

『一応、本は読んでおくか』

すでに読んだことのある魔導書も多い気がするが……まだ読んだことのない本があれば、新たな魔法を手に入れられるかもしれない。
手持ちには飛行系の魔法がないので、手に入ると便利な気がするが……とりあえずは適当に読んでみて、使えそうなものを探すことにしよう。

『わかったー！』

『この本、かっこいいー！』


スライムたちはそう言って、本を読み始めた。

すると、少しずつ新たな魔法が増え始める。


使えそうな魔法もあれば、何に使うか分からない魔法もある。

だが……新しく手に入った魔法は、『火矢《ひや》』とか『土弾《つちだま》』といった、あまり大規模ではない魔法がメインのようだ。

大規模な魔法は、すでにあらかた習得しているということかもしれない。

『終焉の業火』とかは、『神滅の魔導書』に書いてあったし。


小規模な魔法は小規模な魔法で、場面によっては使い勝手がいいかもしれない。

とはいえ真竜《しんりゅう》と戦うことを考えると、できれば大規模で強力な魔法がほしい気がする。

そう考えながら俺は、スライムたちが本から魔法を吸収する様子を見ていたのだが……。

『うーん、強い魔法はなさそうだな……』

いくつかの本には『極滅の業火《きょくめつのごうか》』や『絶界隔離の封殺陣《ぜっかいかくりのふうさつじん》』などの強力な魔法が書かれているのだが、いずれもすでに習得しているスキルだ。

バオルザードが強力な魔法として挙げていたのもこのあたりの魔法だし、この世界にある大規模魔法はそこまで多くないのかもしれない。

そう考えていると……。

『この本、プラウド・ウルフみたいのがいるー！』

1匹のスライムが、そう声を上げた。

昔の古代の魔法書に、プラウド・ウルフが……？

もしかして、気高いようにみえて実は臆病《おくびょう》だとか悪口が書かれているのだろうか。

そうだとしたら、ちょっと文句をつけなければならない。

あれでもプラウド・ウルフは、やる時にはやる狼《おおかみ》なのだ。

『なんて書いてあるんだ？』

『えっとねー……なんかむずかしいことが書いてある……！』

そう言ってスライムは、真剣な顔でページをめくり始める。

数ページ読んだところで、スライムが声を上げた。

『うーん、わかんない！』

『魔導書は読めても、普通の本は読めないのか……』

『ほかのも、よめないよー！』

『……読めてなかったのか……』

スライムたちが本を読むとスキルが習得できるので、てっきりスライムたちは本の内容を理解していると思っていたのが……どうやら読めていなかったらしい。衝撃の事実だ。
まあ確かに、普段のスライムたちの様子を見ている限り、スライムが魔導書を読めるほうがおかしい気がするが。

『じゃあ俺は、なんで魔法を習得できたんだ……？』

『えっとねー……絵がかいてあるから！』

なるほど。
スライムたちは本を真面目に読まず、絵だけ見ていたようだ。
確かにスライムたちが本を読む様子を見ると、絵が描いてあるページはゆっくり見て、文字だけのページはすぐにめくっているように見える。
どうやら彼らは、魔導書を絵本か何かだと思っているようだ……。

ちなみに文章の部分は、俺には読める。

それを見る限り、文字が読めないせいで魔法が習得できない……ということはないようだ。

恐らく描いてある魔法陣さえちゃんと理解できれば、魔法は発動できるということなのだろう。

とはいえ……読み飛ばしている部分に大事なことが書かれている可能性もあるので、一応はちゃんと読んでおきたいところだな。

『読み終わった本は、全部回収してしまってくれ。後で読みたいからな』

『『わかったー！』』

『……食べちゃだめー？』

『いや、食い物なら他にあるだろ……肉なら食っていいから本を食うのはやめてくれ』

『わかったー！』

……どうやら一部のスライムは、本を食う気でいたようだ。

ほとんどのスライムは違ったようだが……スライムの中でも、食べ物の好き嫌いは分かれたりするのだろうか。

いずれにしろ、スライムが何を食っているかには少し気をつけたほうがいいかもしれない……。


特に家を建てる時には、木造は避けたほうがよさそうだな。

木製の柱とか、俺が知らない間にだんだん細くなったりしそうだし。

ともあれ、本に書いてある文章に関しては自分でチェックする必要がありそうだ。

すべて読むには時間がかかりすぎるので、有益そうなものだけだが。

そう考えつつ俺は、スライムたちが読んでいる本のタイトルをチェックしていく。

すると早速、役に立ちそうな名前の本が見つかった。

プラウド・ウルフが描かれていた本だ。

『この本は……ちゃんと読んだほうがよさそうだな』

本のタイトルは『真竜とその対抗策について』。

表紙はボロボロで判読不能だったが、1ページ目にタイトルが書かれていた。

これこそまさに、俺が求めていた本だ。

前の世界は真竜に滅ぼされてしまったようなので、本に書かれているのは『失敗した対策』なのだろうが……ヒントくらいはあるかもしれない。

『その本、ちょっとゆっくり読ませてくれないか』

『わかったー！　ぼくはよめないけどー！』

『ああ。感覚共有を介して読むから、俺が言ったタイミングでページをめくってくれ』

俺はそう言って、本の中身をチェックしていく。

魔法に関してはやはり、今までの俺と同じようなものを使っていたようだ。

真竜には『破空《はくう》の神雷《しんらい》』がよく効くらしいが……これはすでにバオルザードから聞いていた情報だな。

『ケシスの短剣』のことが書かれていないあたり、むしろ昔の人々は俺よりも貧弱《ひんじゃく》な武器で真竜と戦っていたのかもしれない。

あの武器がなければ、『赤き先触《さきぶ》れの竜』なんて倒せた気がしないし。

などと考えつつ俺は本を読み進める。

滅んだだけあって、書かれているものは失敗ばかりだ。

この本を見る限り、昔の文明は『破空の神雷』を主軸として戦うことを選んだようだ。

『破空の神雷』を扱える魔法使いはとても少ないため、その人数をどうやって増やし、威力を上げるか……という話が内容の多くを占めている。

真竜に挑んだ数千人の魔法使いが一人残らず殺されたり、大量の魔力を扱えるように改造された魔法使いが自分の力に耐えられずに爆発《ばくはつ》したりと……かなり凄惨《せいさん》な内容も多い。

「うーん、あんまりいいものがないな……」

なんというか、そもそも成功例がない。

リスクがあっても勝てる方法があれば覚えておく価値がありそうだが……それすら見当たらないのだ。

多くの犠牲を出し、大量の資源を投入して失敗した。

そんな話ばかりだ。

そして、ようやく成功例が見つかったと思ったら……。

『試練の儀式』

適性のある人間を『神兵《しんぺい》』に昇華《しょうか》する儀式。

非常に過酷《かこく》な儀式ながら、『破空の神雷』を発動可能な人間を作り出すことに成功した。

方法は天啓《てんけい》によって伝わったと言われる。

しかしながらその内容は謎《なぞ》に包まれている。

適性を持つ者が一国に一人程度しか見つからなかったため、近年は行われていない。

「……え、これだけなのか？」

成功例の説明は、たった5行だけだった。

これでは何も書いていないのと同じだ。

天啓で伝わった儀式なら、シュタイル司祭に聞けば分かったりしないだろうか……。

方法が分かったところで俺に適性がある可能性は限りなく低いので、あまり意味がない気がするが。

「役に立たない本だな……」

そう文句を言いながらも俺は本を読み進めていくが、相変わらず役に立ちそうな内容は見当たらない。

気づけば本は残り10ページくらいになっていた。

タイトルで期待して損をしたかもしれない。

そう考えていると、例のプラウド・ウルフが描かれていたページが出てきた。

内容は『魔物の強化について』

魔物の強化

魔法局の研究によって、魔物を強化する魔法陣『魔物特性強化』が開発された。

この魔法陣は人間に対する強化と違い、過強化による自壊や副作用などを伴《ともな》わないことから、戦力増強の手法として有望視された。

しかしながら運用面の理由により、普及には至らなかった。

失敗の理由を以下に列挙する。

・魔法自体の難易度
『魔物特性強化』を発動可能な者はテイマーに限られるが、そもそもテイマーは魔法との相性《あいしょう》が悪い。

低レベルな魔法ですら使用可能な者が少ない上に、『魔物能力強化』は魔力消費こそ少ないものの複雑度は『解呪《かいじゅ》・極《きわみ》』に匹敵《ひってき》する超複雑魔法である。

発動可能なテイマーは１００名も存在せず、その中でもテイマーとして実力がある者となると10名がせいぜいである。

・テイマー自身の限界

『魔物特性強化』による強化は、テイム解除とともに消滅する。

そのため、強化した魔物を受け渡すことによって部隊全体を強化するのは不可能である。

また魔力量の関係でテイムできる魔物の強さには限界があるため、一人のテイマーに多数の強力な魔物を集中させることもできない。

・成功率の低さ

『魔物特性強化』は重ねがけが可能である。

しかし強化の成功率は低く、２回成功の個体を得るのに10匹程度、４回成功となると１００匹程度もの魔物が必要となる。

また強化項目は筋力・速力・体力・魔力・属性適性など多岐《たき》に渡り、それぞれの項目は独立して強化されるため、バランスよく強化された個体を得るためには１０００匹単位の魔物が必要となる。

優秀な魔物個体を得るには大量の魔物が必要となるが、そもそも魔物のうちテイム可能なものは極《きわ》めて少ないため、１０００匹単位の『テイム可能な魔物』を用意するのは現実的ではない。

例外的に1匹の狼が合計18回もの強化に成功し、高い筋力・体力を得て活躍した。

政府は当該種をプラウド・ウルフと名付け、積極的にテイムと強化を試みたが、他の狼が強化によって目立った特徴を示すことはなく、さらには総じて臆病で戦闘には向かなかった。

1匹の狼だけが強い力を得たのは、単なる幸運であったという説が有力である。


どうやらこの方法によって強い魔物を錬成するためには、膨大な数の魔物が必要になるらしい。

いくらなんでもそんな大勢の魔物は……用意できるな。

強さはともかく、数だけならいっぱいいるぞ。

問題は、スライムを強化しても所詮《しょせん》スライムだということだ。

スライムの筋力を100倍にしたところで、真竜はおろかそこらの魔物にも勝てるとは思えない。

だが……この『属性適性』というやつは気になるな。

スライム自身が魔法を使えるわけではないが、『魔法転送』は魔物を媒介《ばいかい》にして魔法を発動する。

もし『属性適性』が『魔法転送』にも有効だとしたら……雷属性への適性を高めたスライムが発動する『破空の神雷』や炎属性への適性を高めたスライムの『終焉の業火』は凄《すさ》まじい威力を発揮するだろう。

……ダメもとだが、やってみる価値はあるかもしれないな。

問題は『魔物特性強化』という魔法を、俺はまだ習得していないことだ。

この本には魔法陣が描かれていないようだが……他の本から見つかるのを祈るとしよう。

第五章

chapter 05

Tensei Kenja no Isekai life

その日の夜。

オルダリオンの調査を終えた俺《おれ》は、スライムたちとともに森の中にいた。

『魔物特性強化』は運良く他の本から見つかったので、使ってみることにする。

失敗でも成功でも副作用はないようなので、ものは試しというやつだ。


「まずは……雷《かみなり》属性か」


戦闘で一番よく使う属性は炎だが、『終焉《しゅうえん》の業火《ごうか》』で威力が足りないケースはそう多くない。

あのあたりの魔法の威力を強化すると、逆に余波《よは》に巻き込まれないか心配になってくる。

威力不足が最も問題になるのは、竜と戦うのに使う『破空《はくう》の神雷《しんらい》』だろう。

あの魔法なら、多少威力が上がっても余波に巻き込まれることもないだろうし。

『よし、お前からいってみるか』

『わかったー！』

俺は手始めに、近くにいたスライムの1匹を拾い上げた。
まあ正直なところ、見分けはつかないのだが。

『魔物能力強化――雷属性適性！』

俺がスライムに向かってそう呟《つぶや》くと、スライムの体が一瞬光った。
これは……成功したということなのだろうか。

『何か変わった感じはするか？』

『うーん……なんか、ひかった！』

『光ったのは見れば分かるが……強くなった感じとかはしないか？』

『わかんない！』

ふむ。自覚はないのか……。
まずは実験だな。

『分かった。ちょっとそこに並んでくれ』

『うんー！』

俺は強化したスライムと普通のスライムを横に並べ、手持ちの魔法を探る。
『破空の神雷』は実験用としては魔力消費が大きすぎるので、弱い雷魔法で試すとしよう。
いきなり強い魔法で試すと、事故になるかもしれないし。

『魔法転送——小雷矢《しょうらいや》！』

俺が2匹のスライムにまとめて『魔法転送』を発動すると、スライムたちから雷の矢が放たれた。

雷の矢は的代《まと》わりの木に当たり、爆音を立てる。

強化していないスライムの『雷の矢』は木の表面を少し焦《こ》がした程度だが、強化したスライムの『雷の矢』が当たった場所は、そのまま炎上し始めた。

『……『魔法転送』でも効くみたいだな……』

これは大発見な気がする。

ファイアドラゴンの宝玉《ほうぎょく》から作った魔物防具でも威力は上がるが、あれは『破空の神雷』などの威力に耐えられるかはかなり怪しい。下手《へた》をすれば使い捨てになってしまう。

あれは防具としても優秀なので、壊れるリスクは避けたいところだ。最終手段といっていい。

だがスライム自身の属性適性が上がった場合、ほぼノーリスクで魔法の威力を上げられることになる。

魔力が尽きない限り、高威力魔法の強化版が使い放題だ。

『よし、まとめていくか』

役に立つと分かったからには、できるだけ強いスライムがほしい。

魔物能力強化の魔力消費は大したことがないと分かったので、まとめてかけることにしよう。

『魔法転送──魔物能力強化──雷属性適性！』

俺が『魔法転送』を使ってスライム全員に『魔物能力強化』を発動すると、スライムたちが光り始めた。

だが、光ったのは全体のうち3分の1といったところだ。

恐らく、光れば強化成功、光らなければ強化失敗ということなのだろう。

問題は……どのスライムが強化版で、どのスライムが普通のスライムなのか、見分けがつかないことだな。

『えーと……こうするか』

俺は少し考えた末に、地面に1本の線を引いた。
○×クイズとかでよくあるアレだ。

『この線、なにー？』

『誰《だれ》が光ったか分かりやすくするための線だ。自分が光ったと思ったら、線の右側に移動してくれ。光らなかったら左側だ』

『『わかったー！』』

スライムたちはそう言ってピョコピョコと移動を始め、線の右側と左側に分かれた。
右側にいるのが3分の1くらいなので、恐らく合っているだろう。

『よーし、じゃあ2回目いくぞ。魔法転送——魔物能力強化——雷魔法適性！』

俺が魔法を唱えると、線の右側にいたスライムたちのうち、3分の1ほどが光った。
一応全員に向けて発動していたのだが……左側のスライムたちは1匹も光らなかったようだ。

恐らく、一度失敗した後は、もうその属性に関しては強化が成功しないということなのだろう。

他の属性には関係ないと本に書いてあったので、まずは雷属性を限界まで強化してみよう。


『魔法転送――魔物能力強化――雷魔法適性！』


数分後。

魔物能力強化を繰り返した結果、1匹のスライムが9回の強化に成功した。

10回目には失敗してしまったが、恐らくかなり強くなっていることだろう。


「次は……炎魔法いくか」


9回強化したスライムが放つ魔法の威力は気になるところだが、そもそも俺が戦闘で使っている雷魔法は『破空の神雷』くらいなので、テストには使いにくい。

普段から使う属性といえば、やはり炎魔法だろう。

スライムの数からいくと9回強化くらいのスライムは現れてもおかしくないし、そのスライムで実験をやったほうが、威力の上がり方は分かりやすいだろう。

そんなことを考えながら、俺は火属性の強化を始めた。

そこで事件は起きた。

◇

『魔法転送――魔物能力強化――火魔法適性！』

俺がそう唱えると、目の前にいるスライムが光った。

スライムの数は1匹。強化の回数は――15回目である。


「マジか……」


強化成功スライムは『魔物能力強化』の発動ごとにおよそ3分の1になり、9回目成功の時点で線の右側にいるスライムは1匹になっていた。

ここまでは、雷属性と同じだった。

だが今日の前にいるスライムは、そこから6回連続で強化に成功したのだ。

1回ごとの成功率を3分の1だとすると、連続で15回成功する確率はおよそ1400万分の1。

とんでもない強運のスライムである。


『魔法転送——魔物能力強化——火魔法適性！』


16回目も光った。マジかよ。

もしや俺は、とんでもない化け物を生み出してしまったのではないだろうか……。

そう心の中で呟きながら、俺はさらに強化魔法を発動する。


『魔法転送——魔物能力強化——火魔法適性！』


今度は流石《さすが》に光らなかった。

残念なような気持ちもあるが、少しほっとした気持ちもある。

そろそろ、実験するのが逆に怖いレベルな気がしてきたし。

などと考えつつ、俺はまず8回の強化に成功したスライムを拾い上げ、スラバードに渡す。

8回強化でもそれなりに危険な威力が出る可能性が高いので、スライムが巻き込まれないように空から撃つわけだ。

『スラバード、できるだけ高く飛んでくれるか』

『わかったー！』

スライムが上空に飛んだのを確認して、俺は試し撃ちのターゲットを選び始めた。

延焼のことを考えると、森の中などは避けたほうがいいだろう。

となると……あそこの岩場だな。

延焼しそうなものはないし、人の姿も見当たらないので、試し撃ちにはうってつけだろう。

日が暮れかけているので地形は見にくいが、『火球』の威力を見るのには逆に好都合だ。

『魔法転送──火球！』

俺がそう唱えると、砂地に火の玉が飛んでいった。

スラバードは空高く飛んでいるだけあって、飛んでいくうちに火の玉の姿は小さくなり、やがて見えなくなった。

そして少しして、砂地の一点が光った。


恐らく、あれが火球の爆発《ばくはつ》だろう。

ちょっと距離が遠すぎて、あまり規模が分からないな。

流石にビビりすぎだったかもしれない。強化されているとはいっても、火球は火球だし。


そんなことを考えていると、『ドンッ』という音が聞こえた。

もしかして今のは、火球の爆発音だろうか。

爆発から6秒以上経《た》ってから音が聞こえたことを考えると、ここから着弾地点までの距離は2キロ以上あるはずだが……その距離で聞こえるのか。

これは16回強化のスライムにも期待が持てるな。

◇

『よし、いくぞ……』

『うんー！』


次はいよいよ本命、16回強化のスライムだ。

スラバードには先程と同じ高度まで飛んでもらった。ターゲットも全く同じだ。


『魔法転送——火球！』


放たれた火球の見た目は、普通の魔法と変わらなかった。

火球は先程と同じような軌道で飛んでいき、やがて見えなくなる。


そして数秒後——空が明るくなった。

『感覚共有』を介して見える映像は、それが火球によるものであることを証明している。

その攻撃範囲が数メートル程度では済まないことは、上空からでもはっきりと分かった。

さらに少しして、魔法が着弾した方向から温かい風が吹き荒れた。

間違いない。『火球』の余波だ。

「いや、おかしいだろ……」


威力が高すぎる……。

8段階強化と16段階強化で、ここまで違うものなのか。

さすがに危険すぎて普段使いはできないレベルだ。

もはや『火球』というより『極滅《きょくめつ》の業火』に近い気もする。

ちょっと比べてみるか。


『魔法転送――極滅の業火!』


俺は属性適性強化をしていないスラバードに、『極滅の業火』を転送した。

ターゲットは、先程までの実験と同じ場所だ。


立ち上がった爆炎は、先程の『火球』とさほど変わらない大きさだった。

炎の明るさ、吹き荒れた爆風の温度では、流石に『極滅の業火』のほうが上のようだが……。

そもそも『火球』を『極滅の業火』と比べている時点でおかしい気がする。

この強化状態で『極滅の業火』を使ったらと思うと……流石にここで実験はできないな。

もっと広くて安全なスペースが必要だ。下手をすれば普通スライムに魔法転送して撃つ『終焉の業火』を超える威力になるかもしれない。


「これ、前から知ってたら、赤き先触れの竜も余裕だったかもしれないな……」


思わぬところから、真竜《しんりゅう》との戦いの強力な武器を手に入れてしまった。

武器ではなくスライムだが……。


そして気になる魔力消費だが——なんと普通の火球と同じだ。

つまりこの魔法、乱発できる。

16回の強化に成功したスライムが1匹だけなので、『魔法転送』で同時発動というわけにはいかないが……それにしても強い。

古代の魔法使いたちは『魔法転送』とスライムを組み合わせる手を思いつかなかったようだが……これって凄《すさ》まじく凶悪《きょうあく》なコンボなのではないだろうか。

威力が威力なので、使い方には気をつける必要がありそうだ。

普通の火球のつもりで火属性適性を16回強化したスライムに『魔法転送』してしまったら、大事故になりかねない。

というか……あのスライムだけはすぐに見分けられるようにしておいたほうがよさそうだな。

などと考えつつ俺は、スライムを見分ける方法を考える。

見た目で分かりやすくするとなると……。

「ハチマキでも巻いてみるか……」

属性ごとに色分けしたハチマキを作り、特に強いスライムに巻いてもらえば、『魔法転送』する時に分かりやすくなるだろう。

それと、全く強化していないスライムも何匹か選んで、ハチマキを巻いてもらったほうがいいな。

威力の低い魔法は低いなりに、必要になる場面は少なくない。

強ければいいというものではなく、適材適所なのだ。

中途半端《ちゅうとはんぱ》に強化された魔法を撃ちたい時には、まあ自己申告してもらうしかないだろうな。

スライムの覚え間違いによって事故が起こる可能性もゼロではないが……そこは何とかなることを祈ろう。祈るしかない。

「みんな、自分が光った回数を覚えておいてくれ」

『『わかったー！』』

スライムたちが自分の強化回数を覚えてくれていることを祈りながら、俺は他属性の『魔物能力強化』を発動していった……。

翌日。

オルダリオンの調査を終えた俺《おれ》は、バオザリアからほど近い場所にある街、ルイジアへと来ていた。

特に用があるわけではないのだが……他に何か、今すぐにやるべきことがあるというわけでもない。

『黒き破滅《はめつ》の竜』や『救済の蒼月《そうげつ》』との戦いに備える必要があるのは分かるが……そのために何をしていいのか分からない状況だ。

要するに、情報が不足している。

情報を入手するのなら、一箇所に留まっているより移動したほうがいい。

そこでまずは、色々な街を見て回ることにしてみたというわけだ。

オルダリオンが『救済の蒼月』に支配されていると分かったのも、『デライトの青い竜』が育つ前に倒すことができたのも、実際にその街に行ったからだし。

だが、初めて行く街にのこのこ歩いていくのも考えものだ。

たまたま行き先が『救済の蒼月』のアジトだったりしたら、うまく逃げ切れるとは限らないし。

ということで、街に入る前に少しでも情報を集めるべく、見つかりにくいスライムたちを偵察《ていさつ》に派遣したのだが……。


『あれ、おいしそうー！』

『あっちのお店、絶対おいしいよー！』

『串焼きだー！』


うん。

どんどん情報が集まっているようだな。

この調子でいけば、1時間と経《た》たないうちにこの街に関する調査レポートが書けるだろう。

問題は、その調査レポートがグルメリポートであって、街の状況に関する話ではないということだが。

文字通り道草を食いながらサボっているスライムもいるし。

『……街に関する情報はどうだ?』

ちょっと調査の方向を修正してみよう。

彼らはやればできるスライムなので、方向性さえ示してやれば普通の調査もできるはずだ。

『えっと……たぶんだいじょぶ!』

『美味《おい》しそうな街は、だいじょぶ!』

ほら、ちゃんと情報が出てきた。

調査範囲が食い物屋の付近に偏《かたよ》っている気はするが、スライムの『美味しいものがある街は大丈夫』という発言は確かに一理ある。

オルダリオンやリクアルドのような異常な状況にある街は、美味しいものを作るような余裕なんてないだろうし。

飯の美味《うま》さは、治安のよさを表しているというわけだ。

『よし、入っても大丈夫そうだな』

そう言って俺は、街の中へ入っていった。

◇

「まずは……ギルドか」

街へ入り、スライムと共に食べ物屋を回った後。

俺は本題の情報収集に移るべく、ギルドへと向かっていた。

今まで俺が事件の現場に遭遇《そうぐう》したのは、運がよかった……いや悪かったからだ。

毎回そんなことが起こるのは、流石《さすが》に期待できないだろう。

となればまずは、情報が集まる場所であるギルドに行くべきだというわけだ。

適当に依頼を受けて、それをこなしつつ異変がないか様子見をして、何もなければ次の街へ行く……って感じだな。

依頼も受けないのにあちこちのギルドを回っていても、ギルドに迷惑だろうし。

「依頼は……っと」

俺は掲示板に貼《は》られた依頼の中から、俺に向いていそうなものを探す。

もし調査系の依頼があれば、それを一番に受けたいところだ。

調査の依頼が出るということは、何か異変があったということだし。

「……このあたりか？」

俺はそう呟《つぶや》きながら、1枚の依頼書を手に取った。

内容は『ルイジア・ライノ討伐《とうばつ》のための居場所調査』。

参加資格として『B級索敵者《さくてきしゃ》』が設定された依頼だけあって、報酬《ほうしゅう》は高めになっている。

討伐のための調査ということだと、異変が起こったのとは少し違う気もするが……他によさげな依頼もないので、これを受けることにする。

「この依頼を受けたいんだが」

「はい。B級索敵者の資格をお持ちですか？」

「ああ」

そう言って俺は、ギルドカードを差し出す。

カードに『B級索敵者』と書かれているのを確認して、受付嬢は笑みを浮かべた。

「Dランクの冒険者さんですね。受けてくれてありがとうございます！」

「……お礼を言われるようなことか？」

「ただでさえB級索敵者の方は少ないのに、なかなか受けてくれる勇気のある人がいないんですよ」

受けてくれる勇気……。

初めて見る名前の魔物だが、どうやら恐れられている依頼のようだな。

「そんなに危ないのか？」

「ルイジア・ライノはCランクの魔物なので、相応の危険は伴《ともな》います。でも安心してくださ い！　討伐役として優秀な冒険者さんが同行するので、調査担当は安全ですよ！　……不意打ちを受けない限りの話ですが」

どうやら俺とは別に、討伐担当の冒険者がつくという話のようだな。

居場所調査とはいうものの、見つけてすぐ討伐という流れになるのだろう。

「……なるほど、ちゃんと仕事をしていれば安全ってことだな」

「はい！」

Cランク相手なら自分で倒せるような気もするが……情報集めという意味では、他の冒険者と話す機会ができるのはラッキーかもしれない。

何しろ俺は、この世界の冒険者との人脈を全くといっていいほど持っていないからな。

冒険者の情報網のようなもので、何か分かるかもしれない。

まあ、何もないならないで、このままスライムたちと冒険者生活を続けるのも悪くはないのだが。

というか、むしろそのほうが嬉《うれ》しい。

別に俺は真竜《しんりゅう》なんかと戦いたいわけではないし。

このまま何事もなく寿命まで暮らせるのなら、それが一番いい。

とはいえ、何も知らないまま完全体になった真竜に世界ごと滅ぼされるのに比べれば、真竜が育つ前に見つけて戦うほうがまだマシなので、情報集めは続けるわけだが。

「分かった。依頼を受けよう」

「ありがとうございます。討伐担当の冒険者さんたちは街にいると思うので、さっそく手配しますね！」

そう言って受付嬢は、パーティーメンバーを呼びに行った。

さあ、久しぶりのパーティー狩りだ。

◇

集まったメンバーは俺を含めて４人だった。

いかにも歴戦といった雰囲気の剣士、長い杖《つえ》を持った女魔法使い、そして金属鎧《よろい》に身を包み、大きな盾《たて》を持った男……。

全員、かなり戦い慣れた雰囲気だな。

「まずは自己紹介からいこうか。ユージ以外は地元の冒険者とはいえ、こんなパーティーを組むのは久しぶりだからな」

メンバーが集ったところで、ギルドからリーダーとして指名された剣士がそう告げた。

地元のパーティーに俺が加わって索敵役になるような形を想像していたのだが……どうやら違ったようだ。

「普段はソロなのか？」

「最近パーティーを組んだ機会は、後輩の指導くらいだな。普段のルイジアでは、こんなパーティーは完全に過剰戦力だ」

「私もソロですね。普段の依頼で人数を増やしても、取り分が減ってしまうだけなので……」

「同じくソロだ。前にパーティーを組んだのは……去年この依頼を受けた時だな」

なるほど。

仲間がいないとかじゃなくて、組む必要がないのか。

そんな彼らが珍しくパーティーを組むのが、このルイジア・ライノの討伐依頼のようだ。

去年もあった依頼のようなので、別に異常事態というわけではなさそうだが……。

「リーダーを務めさせてもらうことになる、Cランク剣士のルイドだ。戦闘スタイルはごく一般的な剣士だと思ってもらっていいが、パーティーでは防御的な役目を担うことが多いな」

「Cランク重装騎士のガイアだ。盾役として使ってくれ」

パーティー4人のうち二人が防御寄りか。

どうやらギルドは、かなり慎重なパーティーを作ったようだな。

こういうパーティーが必要な相手ということだろうか。

まあ、二人とも普段はソロの冒険者だという話なので、攻撃能力も低くないはずだが。

ソロということは、攻撃役を引き受けてくれる仲間がいなくても何とかなるということだし。

「Cランク魔法使いのマーサです。魔法の正確なコントロールは苦手《にがて》ですが、魔力が多いので高威力魔法を扱えます」

どうやら攻撃役もいるようだ。

どんな高威力魔法を扱えるのかは分からないが……確かに強い魔法なら、コントロールは必要ないからな。

『終焉《しゅうえん》の業火《ごうか》』とか、目をつぶっていても外れないと思うし。

やはり魔法使いは、最終的に魔力でゴリ押す方向性で間違っていないようだ。

「正確なコントロールは苦手って、そりゃ嘘《うそ》だろ。お前が魔法を外したなんて話は聞かねえぞ」

「苦手ですよ。普段の戦闘でも、10発撃ったら2発は急所を外します。……昔よりはマシになりましたけどね」

前言撤回。

どうやら魔力でゴリ押すタイプではなかったようだ。

動く敵相手で8割も急所に当ててるって、どんな精度だ……。

それとも、本職の魔法使いはそれが普通なのだろうか。

「それは苦手とは言わねえ。普通は急所狙《ねら》いどころか、8割当てるのでも精一杯だろ……」

どうやら冒険者から見ても、マーサの命中率は普通ではなかったようだ。
そうだよな。普通は8割当てるのが精一杯だよな。
『火球』とかで爆発《ばくはつ》範囲に巻き込むのなら簡単だが、直接当てるとなるとだいぶ難易度が上がるし。

「普通の魔法だよな？　一体どうやって狙ってるんだ……？」

「狙い方よりは、間合いとタイミングを大事にしています。例えば……魔物がジャンプしたタイミングとかだと足をつくまでは方向転換が難しいので、狙い放題です」

「間合いとタイミングか……剣士みたいだな」

依頼自体はともかく、今後の戦い方の参考になるかもしれない。
『終焉の業火』だとあまり関係ないが、『破空《はくう》の神雷《しんらい》』はそこまで攻撃範囲が広いわけではないし。

「去年よりも防御寄りなメンツな気がしたが、マーサがいれば何とかなりそうだな」

「ああ。マーサの魔力は有限だから、他の魔物は俺たちで潰《つぶ》そう。さて……あとはユージか。テイマーの戦闘スタイルには詳《くわ》しくないんだが……どんな戦い方をするんだ？」

「索敵役も戦うのか？」

一応今回は、索敵役としての参加のはずだ。

戦闘には参加しないような感じで説明を受けていたのだが……戦うのだろうか。

まあ、戦うなら戦うで、特に問題はないのだが。

「いや、索敵役を守るのは俺たちの役目だ。ユージに戦ってもらうのは、よっぽどの非常時くらいだな」

どうやら認識は合っていたようだ。

B級索敵者というだけで、戦闘経験も問われずに依頼を受けられた時点で、そんな気はしていたが。

「だが、ユージは戦えそうに見えるから、一応聞いてみただけだ。Dランクって話だが……どうもソロでもCランクを超えるような冒険者に見える」

戦えそうな雰囲気って、見ただけで分かるものなのか。

装備とかで判断してるわけじゃないよな……？

そう考えつつ俺は、残り二人の仲間たちを見る。

「そうか？　体格はまさに非戦闘系に見えるが……」

「そんなに強そうには見えないですよね。大事なのは索敵なので、戦える必要はないんですけど」

どうやら他の二人は意見が違うようだ。

装備とかではなさそうだな。

「なんでそう思ったんだ？」

「カンだ。強い奴《やつ》ばっかりの環境にいた頃《ころ》から、なんとなく雰囲気で分かるようになったんだよな……」

強い奴ばっかりの環境……そんなものがあるのか。

キリアは一応、他の街に比べて強い冒険者が多いという話だったが……みんながみんな強いというわけではなかった気がする。

一応聞いてみるか。何かの役に立つかもしれないし。

「その環境って、キリアとかか？」

「ああ。キリアにいた期間が一番長かったな。このカンは多分、あそこで身についたものだ」

「ルイドはイビルドミナス島上がりだと聞く。一番の経験は、そこで積んだものではないのか？」

ルイドの言葉を聞いて、ガイアがそう問い返した。

イビルドミナス島……聞いたことのない単語だ。

「イビルドミナス島？」

「キリアより数段危険な、化け物しか生き残れないと評判の島だ。同じCランクでも、あの島から生きて帰った奴とそれ以外では半ランク違うとも言われるな。……今回ルイドがリーダーに選ばれたのも、それが理由だと思っていたが」

「生きて帰ったなんて大層なもんじゃないけどな。他の冒険者の戦いを遠くから見ただけでビビっちまって、あとは一度も戦わずに帰りの船を待ってただけだ。もう一度あそこに行くくらいなら、俺は冒険者を引退するね」

そんなにヤバい島があるのか……。

防御魔法を駆使すれば生き残れる気もするが、どんな場所なのだろう。

「そんなにヤバかったのか？」

「ああ。とてもついていける戦いじゃなかった。ありゃ人間が魔物を狩る場所じゃなくて、魔物が人間を狩る場所だ。陸続きじゃなくてよかったよ」

「そんな場所に、わざわざ船で行くのか……」

「『地母神《ちぼしん》の涙』とかいう、特殊な肥料の材料がとれるらしいぜ。あれがあるとないとでは収穫量が3倍違うって、農業やってた冒険者が言ってたな」

3倍って、凄《すさ》まじい効果だな……。
流石《さすが》に誇張表現かもしれないが、誇張にしても3倍はヤバい。
わざわざ危険な島に乗り込んでいって集めるだけのことはある。

「……その『地母神の涙』、よく使われてるのか？」

「使ってない農家がいるなんて話、聞いたことないな。だって3倍だぜ？」

なるほど。

つまり『地母神の涙』が手に入らなくなったら、この国の農産物収穫量は一気に3分の1まで落ち込むってわけか。

下手《へた》をしなくても大飢饉《だいききん》だな。

魔物も食料になるとはいえ、メインの食料は穀物だろうし。

人間はスライムと違って、草を食べて生きることはできないのだ。

「まあ、俺の経歴の話はこのくらいにしておこう。それでユージは実際戦えるのか？」

「戦えるかどうかで言えば、戦える。普段はソロだからな」

「……ルイドが正解だったたか。武器で戦うような体格には見えないが……魔物を使って戦うのか？」

「いや、魔法がメインだな。魔物には索敵を手伝ってもらうが、攻撃はほとんど魔法だ」

攻撃魔法のことはギルドにも伝えてあるので、話しても問題ないはずだ。

ギルドの試験でも、いくつか使ったしな。

魔法転送は色々と悪用できる魔法なので、伏せておいたほうがいい気がするが。

「魔法を使えるテイマーか。噂《うわさ》を聞いたことはあるが……まさか同じパーティーになるとはな。どんな魔法が使える？」

「普段よく使うのは『火球』とかだな」

火球は俺が冒険者になる試験を受けた時に、強すぎると言われた魔法だ。

だが、それはあくまで冒険者試験を受ける初心者にしては……ということだろう。

俺も今はDランクなのだから、火球くらいは問題ないはずだ。

「火球か。威力次第では魔法使いとしてもやっていけるレベルだな」

「いい魔法ですよね。腕の差が出やすい魔法ですけど……『火球』が得意ということは、コントロールが上手《うま》い魔法使いと見ました」

火球って、腕の差が出やすいのか。
まだ依頼に出てすらいないのに、地味な情報が結構出てくるな。

他の冒険者とパーティーを組むような依頼を受けたのは正解だったようだ。
情報集めという意味では、やはり冒険者との繋《つな》がりは大きいらしい。

「別にコントロールが得意なわけじゃないが……威力がちょうどいいから使うことが多いな」

「うーん。何を基準に『得意なわけじゃない』と言っているのかにもよりますけど、『火球』を多用する魔法使いで、魔法が下手な人って見たことないんですよね。魔法を使うテイマー自体、初めて見ましたけど」

「……まあ、実際に見るのが一番早いだろう。移動中に魔物が出た時にでも、一度使ってみてもらえるか？　基本的には俺たちだけで何とかするが、非常時に使える手段は把握しておきたいからな」

「分かった」

非常時のために戦力を把握しておくというのは、極《きわ》めて合理的な話だ。

相手が魔物である以上、不測の事態が起こらないとは限らないからな。

たとえ戦闘に参加しない前提の索敵役であっても、いざという時に何ができるかを把握しておくのが生存率を上げることに繫がる。

こういう冒険者だからこそ、ギルドにも信用されているのかもしれない。

そんなことを考えつつ、俺は作戦会議を進めていった。

それから少し後。

俺《おれ》たちは作戦会議を終え、森の中を移動していた。

「進む方向は索敵役のユージが指示してくれ。ユージが探したい方向に先導する」

「分かった。まずは真《ま》っ直《す》ぐ進もう」

「了解した」

先頭のガイアがそう言って、真っ直ぐに進んでいく。

俺の横にはルイドが、後方にはマーサがつく布陣だ。

全体的に作戦会議通りの、俺を守る布陣って感じだな。

『見つかったか？』

『いないよー！』

『いないー！』

俺はパーティーとともに移動しながら、スライムたちと連絡をとる。

スライムたちには依頼を受けてすぐに森に行ってもらい、調査を始めてもらっていたのだが……残念ながらまだ見つかっていないようだ。

『分かった。ルイジア・ライノが見つかったら教えてくれ』

『『わかったー！』』

正直なところ、俺がどっちに進むかは索敵とあまり関係ない。

結局はスライムが探すだけだしな。

極端な話、街の中からでも魔物は探せるし。

とはいっても、移動しないとサボっているように見えるだろうから、一応は移動するのだが。
森の中に目当ての魔物がいるのが確実なら、スライムが見つけるまで待てばよいのだが……。
もしいなかった場合に、サボっているように見えるのはまずいからな。
あちこち移動しつつ、普通の魔物でもしっかりと見つけておけば、『仕事をしている感』は出るだろう。
ブラック企業で身に付けた責任逃れのスキルは、ホワイトな異世界でも役に立つというわけだ。

「ルイジア・ライノ以外の魔物はどうする？」

「そうだな……見つけたら教えてくれるか？　パーティーの戦力を把握するために、少しは戦っておきたいからな」

「分かった。じゃあ向こうだ。1キロ先に、ワイルドボアが3匹いる」

まだ森の入口付近なせいか、まともな魔物の数はあまり多くない。

もっと近くに見つかればよかったのだが、まともな魔物となると、一番近くても1キロ先のようだった。

ウサギの魔物とかなら、ほんの10メートル先くらいに隠れているのだが……流石《さすが》にウサギでは、試し撃ちの的《まと》にもならないだろうし。

「1キロ先って……そんな遠くまで分かるのか？」

「テイムしてる魔物が教えてくれるんだ」

「魔物って、肩に乗ってるスライムのことか？」

「ああ。こう見えて感覚が鋭いスライムでな」

森の中には多くの木が生えており、1キロ先はおろか100メートル先すら見通せない。

だが視覚で見える範囲だけのことしか分からなくていいなら、わざわざ専門の索敵役など雇わないだろう。

目に見えない範囲までカバーしてこそ、役目を果たしているといえるはずだ。

とはいえ、あまり遠くまで見すぎてしまうと怪しまれそうなので、どのくらい遠くまで見えることにしていいのかは考える必要があるが……。

「随分と優秀な索敵役みたいだな。俺たちはツイてるぜ」

「森の中で1キロ先が見えるのはすごいです……。今までに見た冒険者さんの中で、一番索敵範囲が広いかもしれません」

どうやら1キロの索敵は、このランクでも普通に『優秀』と評価されるレベルのようだな。怪しまれてはいないようなので、ちょうどいい範囲かもしれない。

そう考えていると、騎士ガイアが呟《つぶや》いた。

「索敵範囲は重要だが、索敵漏《も》れのなさはもっと重要だ。遠くの魔物を見るのに一生懸命で近くの魔物を見落としたというのは、死因としては珍しくないからな」

「そりゃ素人《しろうと》の話だろ。B級索敵者はプロ中のプロだぜ。そんな初歩的なミスをするような奴《やつ》が試験に受かるはずがねえ」

「……確かにその通りだが、昔資格をとった冒険者の場合は腕のなまった奴もいるからな。初めて組む冒険者が相手の時には、慎重にいくべきだ」

どうやらB級索敵者というだけである程度信用されるのは、このパーティーでも変わらないようだな。

しかし信頼関係の構築という意味で、いろんな魔物を探知できるところを見せておいたほうがよさそうだ。

というのも……この森の中に、ルイジア・ライノがいない可能性が高くなってきたからだ。

『ルイジア・ライノは見つかったか？』

『いないよー！』

『んー、こっちもいないー！』

スライムたちによる人海戦術（？）と、スラバードによる航空偵察《ていさつ》を併用してなお、ルイジア・ライノはまだ見つからない。

ギルドの資料にあったルイジア・ライノの推定生息域のうち8割はもう調べ終わった。つまり残りは2割だ。

このまま残り2割の範囲でも見つからなければ、俺たちは『そもそもいない魔物』を探して森の中を歩き回ることになる。

だが、他のパーティーメンバーからすれば、本当に魔物がいなかったのか、単に俺が見つけられなかっただけなのかは分からないのだ。

その場合に彼らが出す結論は、途中過程によって決まる。

つまり、俺は依頼が失敗することが分かっているにもかかわらず、精一杯仕事をしているふりをする必要があるのだ。

この状況——まさに俺の得意分野だ。

炎上するのが分かりきった案件に放り込まれ、絶対に満たせない要求を突きつけられ、それでも一生懸命仕事をしているアピールをする……。

そんな状況に対して俺ほど多くの経験を積んだ冒険者は、他にいないだろう。

まさか異世界で、あの経験を活《い》かす日が来るとは思わなかったが。

「見つかってる魔物の場所を全て言うから、漏れがありそうだったら言ってくれ。それでいいか？」

ちょうどよくガイアが俺の探知能力を疑うようなことを言ってくれた今が、絶好のアピールチャンスだ。

今『やっている感』を出せるかどうかで、査定が決まる。

俺はこういった機会を逃さず、炎上案件でもしっかりと仕事をしていたおかげで、さらなる炎上案件に放り込まれ……。

あれ？　もしかして今思えば前の世界では、もっと怠《なま》け者《もの》のふりをしていた方がよかったんじゃないか？

放っておいても社員はどんどん退職してしまうので、簡単にはクビにならなかった気もするし。

……まあ、それは置いておこう。

あの会社と違って、冒険者はちゃんと仕事をすれば評価される環境だ。

あんな会社と比べるべきではない。

「試すようで悪いが……そうしてもらえると助かる」

「分かった。周囲にいる魔物は……」

スライムの多くは依頼対象の探索に回っているが、スライムの数はとても多いので、俺の周辺の警戒も万全だ。

想定外に強い魔物が出てきた時に備えて、周囲5キロほどは警戒網を作っているが……とりあえず、伝えるのは半径1キロ以内でいいだろう。

それでもかなりの数の魔物がいる。

あそこに1匹、向こうに2匹、その奥に5匹……。

同じ魔物を2回数えてしまわないようにするのが意外と大変だ。

『感覚共有』の対象をコロコロ切り替えていると、頭が混乱してくる。

普段は獲物となる魔物や警戒が必要な魔物だけに着目しているので、周囲にいる魔物を全てリストアップする機会はないし。

「どうした。魔物が見当たらないのか？」

『感覚共有』を介して魔物を数えていると、ガイアがそう尋ねてきた。

少し時間をかけすぎただろうか。

「いや、見つかってるぞ。例えば……」

そう言って俺は地面から小石を拾い上げ、角《つの》ウサギが隠れている場所に投げつけた。

「キーッ！」

石は直撃こそしなかったものの、角ウサギのすぐ近くに落下した。

驚いた角ウサギは、鳴き声を上げながら逃げていく。

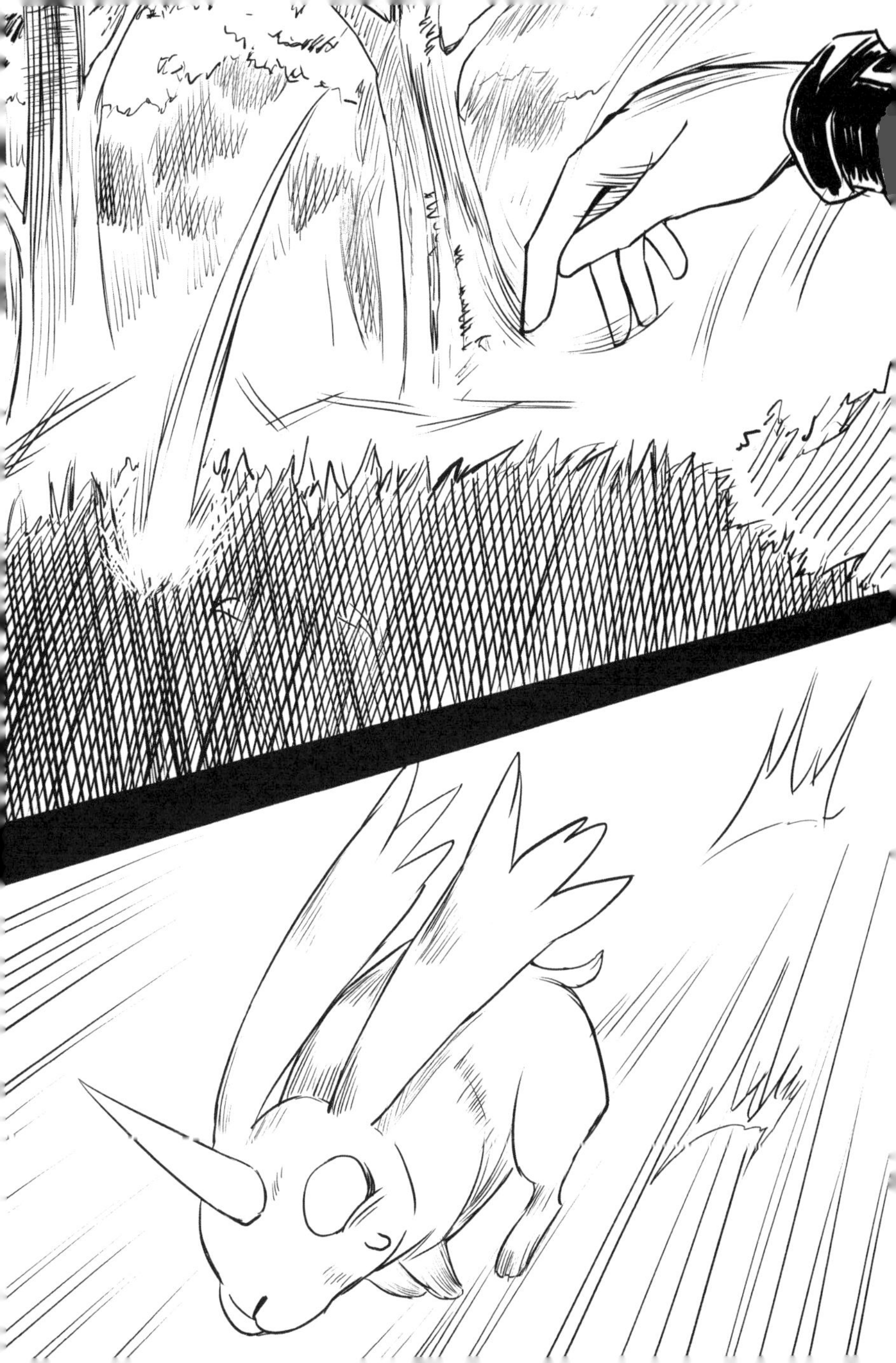

「魔物のくせに臆病《おくびょう》だな……」

「……角ウサギか。連中は冒険者の格を理解するからな。自分より強いとみなした奴相手には、決して喧嘩《けんか》を売らないと言われている」

なるほど。

プラウド・ウルフみたいな奴なんだな。

まあプラウド・ウルフなら石を投げつけられる前に逃げているだろうから、逃げ足ではプラウド・ウルフのほうが一段上手《うわて》だが。

あいつが逃げる時って、本当に気配がないからな……。

「さっきの角ウサギを合わせて34匹だな。角ウサギが31匹、ワイルドボアが3匹だ」

周囲にいる魔物は、ほとんど角ウサギだけだった。

確かにこんな森では、ガイアたちがソロで戦うのも無理はない。

パーティーを組む必要があるほど強い魔物は、ほとんどいないというわけだ。

「角ウサギが31……やけに多くないか？」

「普通はもっと少ないのか？」

「探した範囲にもよるが、一気に30匹も見つけたって話は聞いたことがないな。でかい群れでもいるのか？」

「いや、あちこちに散らばってるのを合わせて31匹だ。本当か気になるなら、1匹ずつ探して回ってもいいが……」

そう言って俺は、角ウサギが隠れている場所に石をもう一つ投げる。
どうやら角ウサギはあまり動かない魔物らしく、見つけた後で逃げられる心配はいらなさそうだ。

特に近くにいる角ウサギたちは、まるで植物のように身動き一つしない。
人間の目から見ると草木に同化して、分かりにくいことこの上ないが……スライムの視点から見ると、存在に気づかないほうが逆に難しい。

石の代わりに『火球』でも撃ち込めば、簡単に仕留められるだろう。

「キーッ！」

「石が届く範囲の角ウサギはこの2匹だけだな。半径1キロほどに散らばってるから、1匹ずつ見て回るのは大変だぞ」

怯《おび》えた声を上げて逃げていく角ウサギを見ながら、俺はそう告げる。

まあ、まずそうしろとは言われないだろうが。

完全に時間の無駄だしな。

「いや、十分だ。本気で隠れた角ウサギをあんな簡単に見つけられるなら、他の魔物を見つけられないわけがない。……疑って悪かったな」

「……でも、試す価値はありましたね。ユージさんが普通のB級索敵者ではないと分かりました」

「ああ。Ｂ級索敵者の中でもここまでの探査能力を持っている奴は初めて見た。獲物探しは早めに終えられそうだな」

そう言ってルイドは、上機嫌な様子で俺の方を見る。

しかし、そう言われてしまうと複雑だな……。

こうしている間にもスライムたちはルイジア・ライノの生息域候補を潰《つぶ》して回っているが、まだ獲物は見つからない。

探しやすい場所から順に探していったので、残った場所は面積こそ小さいものの、探索には時間がかかっているようだ。

何とか見つかればいいのだが……。

「もし見つからなかったら、どうなるんだ？」

「3年前に一度、いくら探しても見つからなかった時があったと聞くが……その年は参加してないんだよな。確かマーサがいたか？」

「参加してました。あれは大変でしたね……。いもしない魔物を探して、２週間も毎日歩き回って……」


うわ。

魔物が見つからないと、そんなことになるのか。

しかも俺の場合、恐らくルイジア・ライノがいるかどうかは初日で分かってしまう。

あとはパーティーメンバーの『早く魔物を見つけてくれ……』という視線を受けながら、ひたすら２週間も無駄に歩き回る羽目になるのだ。

同じ場所に穴を掘っては埋める作業をしていたほうが、まだいいかもしれないな。

夜はちゃんと寝られるだけ、前世のブラック企業よりはマシだが。


（スライムたち、頑張ってくれよ……！）


俺は心の中でそう思いつつ、口には出さずにいる。

スライムたちは（たまに道草を食ったりしつつも）真面目《まじめ》に調査を続けている。

彼らを急《せ》かしたところで、ルイジア・ライノが地面から生えてくるわけではない。いないものはいないのだ。

急かしたり叱《しか》ったりすれば効率が上がると思っているのはよほどの馬鹿《ばか》か、ブラック企業の経営者か、前世の俺の上司くらいのものだろう。

「でも、ユージさんの調査能力をギルドに話せば、1週間くらいで済みそうです。これだけの力で1週間探して見つからなければ、多分いないってことになりますから」

「とはいっても、見つけるに越したことはないけどな。まだまだ調査は始まったばかりだ。いなかった場合のことを考えても仕方がないだろ」

「……確かにそうだな」

まあ、すでに調査は85%くらい終わっているのだが。

残り15%にいてくれよ……。

「ユージの調査能力はよく分かった。次は戦力の確認だな。さっき言ってたワイルドボアの場所まで案内してくれ」

「分かった。こっちだ」

そう言って俺は、ワイルドボアがいるほうを指した。

◇

それから数分後。

俺たちは試し撃ちの的――もとい、ワイルドボアの元へと来ていた。

「まずはあそこに1匹だ。……もともとは3匹いたんだが、さっき1匹はぐれた」

「好都合だな。まずはマーサから頼む」

「分かりました。……いきます」

そう言ってマーサは、杖《つえ》を地面に突き立てた。

杖が甲高《かんだか》い音を立て――ワイルドボアはその音に気付き、俺たちのほうに向かって真っ直ぐ走ってくる。

うっかり気付かれた、というわけではないだろうな。

あれは明らかに、わざと敵に自分の存在を気付かせる動きだ。


自分に気付いていない魔物は、どう動くか分からない。

急に餌《えさ》か何かを見つけて走り始めることもあるし、逆に急に立ち止まることもある。

だが獲物に気付いて攻撃態勢に入った魔物の動きは、逆に読みやすい。


「曲射火槍《きょくしゃかそう》」


マーサは魔法を上に打ち上げる。

『火球』は放物線を描き――走ってくるワイルドボアに直撃した。

爆発《ばくはつ》の威力はちょうど俺の『火球』と同じくらいだったが、どうやら威力は十分だったらしく、ワイルドボアは倒れて動かなくなった。

「今のは……急所に当てたのか？」

「普通に当てただけです。ワイルドボアには急所らしい急所がないので。直撃前提でしっかり当てさえすれば、後はあまり変わらないと思います」

なるほど。

火球とかの爆発魔法で巻き込むより、そのほうが効率がいいというわけか。

そういう小技も、練習したほうがいいかもしれないな。

「次はユージだ。戦ってもらう予定はないが、一応魔法を見せておいてくれ」

「分かった。あまり器用なコントロールはできないから、使い慣れた『火球』でいいか？」

「大丈夫ですけど、火球のほうが逆に難しいと思いますよ？　……ワイルドボアって結構頑丈《がんじょう》なので、直撃じゃないと倒しにくいですし」

ワイルドボアと戦うのは初めてだが……意外と頑丈な魔物なのか。

確かに直撃狙《ねら》いという意味では、真っ直ぐ飛ぶ『火球』より『曲射火槍』のほうが、当てやすいのかもしれない。

タイミングと位置さえしっかり合っていれば、上から降ってくるぶん避けられにくいからな。


「まあ、試しにやってみよう」


まあ、要は直撃させればいいのだ。

敵の動きを分かりやすくする方法は、さっき見せてもらった。

あれを真似《まね》してみることにしよう。


「もし失敗しても俺たちが何とかするから、気にせずやってくれ」

「ああ。戦闘役として雇われたわけではないからな。非常時の目くらましくらいになれば上出来だ」


どうやら、あまり期待はされていないようだな。

まあ威力はともかく、魔法のコントロールでマーサに勝てる気はしないが。

「あそこだ。……いくぞ」

そう言って俺は、近くの木を蹴《け》り飛ばした。
音に気付いたワイルドボアが、俺のほうに向かって走ってくる。

「ま……火球！」

おっと危ない。
いつもの癖《くせ》で『魔法転送』と言いかけてしまった。
普通に魔法を撃つことって、めったにないからな……。

「ブギイイイィィ！」

俺の火球を見て――ワイルドボアは急に方向転換した。
まあ、そりゃそうか。

『曲射火槍』は上から落ちるからこそ、ワイルドボアの死角から命中するのだ。

自分に向かって飛んでくる『火球』を見れば、いくら真っ直ぐ進むイノシシの魔物でも避ける。


というか、ちょっとタイミングが早すぎた気がする。

もうちょっと引きつけてから撃てば、避けられる前に余波《よは》くらいは当てられた気がするのだが。


炎系魔法にせず、確実に当てられる『魔法凍結・中』あたりを使うべきだっただろうか。

だが、あの魔法はあの魔法で対人戦では強すぎるので、色々と疑われる可能性があるんだよな……。

誰《だれ》に情報が漏れるか分からないので、あまり新しい魔法は使いたくなかったのだ。

結果として、無様《ぶざま》に魔法を外してしまったわけだが。


もう1発撃つか……？

別に撃つのは一度だけだとは言われてないしな。

そんなことを考えていると、ガイアとルイドが俺の前に立ちふさがった。

「外したか。我々の出番だな」

「なに、気にすんな。『火球』を撃てるだけ上出来だ。あとは下がっててくれ」

どうやら俺の役目は終わりのようだ。

戦闘員としての存在感は見せられなかったが、まあ仕方ない。

少し反省しながら、俺はガイアとルイドに魔物を任せるつもりで一歩後ろに下がる。

次の瞬間――マーサが叫んだ。

「今すぐ地面に伏せてください！」

「は？　急に何を――」

ルイドたちは疑問の声を上げつつも、素早く地面に伏せた。

パーティーメンバーの警告にすぐ体が反応するのは、やはり冒険者としての経験が長いからだろうか。

直後、前方――少し前までワイルドボアがいたあたりから、白い閃光《せんこう》が走った。

「ブギッ!?」

閃光から一瞬遅れて爆炎が立ち上った。
俺の魔法を回避したつもりだったワイルドボアは、周囲の木ごと爆風に吹き飛ばされていく。

「熱っ!?」

「な、なんだこの爆発は……!?」

俺たちがいた場所は爆心地から少し離れていたので、熱い風が吹く程度で済んだ。
熱いことは熱いが、やけどするというほどでもない。
だが……一体何が起こったというのだろうか。

「これ、まさか『火球』か……？」

「いや……別の魔法だよな？　威力が明らかにおかしい」

「そもそも、こんな威力の魔法はないと思いますけど」

そう言って3人が、困惑と驚きの入り交じったような表情で俺のほうを見つめる。

だが、俺自身も困惑している。

こんな威力の『火球』は知らない。


「ユージが使う火球って、こんな威力なのか？」

「いや、普段はマーサの『曲射火槍』とあまり変わらないと思うんだが」


どうしてこうなった……？

たまたま着弾地点に爆発物が埋まっていて、俺の魔法で誘爆した……という可能性もゼロではないが、考えにくい。

だとしたら、さっきの爆発は俺の『火球』だということになる。

火球がこんな威力を発揮する原因なんて、一つしか思い浮かばない。

（……スライムか？）


俺が火球を放った時、肩にはスライムたちが乗っていた。

炎属性適性16のスライムはいないが、８段階のスライムくらいは混ざっていてもおかしくない。

もしかしてスライムの魔法適性は、『魔法転送』なしでも発動するのだろうか。


普通に考えれば、その可能性は低い。

魔法を使ったのは俺であって、スライムではないのだから。


だがテイムした魔物とテイマーは、恐らく魔法的に繋《つな》がっている。

魔法が強化されたのは、その影響かもしれない。

というか、それ以外の理由は考えにくい。


『ちょっと実験したいから、一旦《いったん》離れてくれ』

『わかったー！』


さっきの魔法の威力は、恐らく『火属性適性8段階』のものだ。

16段階強化のスライムに『魔法転送』した火球の威力は、あんなものでは済まなかったからな。

つまり、いくらテイムしたスライムであっても、離れていれば『火属性適性』は適用されないということだ。


「火球！」


スライムが離れたのを確認してから俺が魔法を唱えると、普通の威力の火球が出た。

やはり原因は火属性適性だったようだ。


……火属性適性を16段階強化したスライムが肩に乗っていなくて助かったな。

あのスライムに『魔法転送』して使う魔法は地上で使うのが危ないので、スラバードに運んでもらう前提で待機していてもらったのだ。

もし彼が俺の肩に乗っていたら……恐らく大惨事になっていただろう。

「……普通の威力だな」

俺が火球を放ったのを見てルイドたちは一瞬身を固くしたが……爆発が普通の威力なのを見ると、ほっとしたように一息ついた。

肩に乗っているだけで魔法強化が発動するというのは盲点だった。これからは気をつける必要があるな。

とはいえ、この場はこれで何とかごまかせそうだ。

「あー。着弾地点に可燃物でも埋まってたみたいだな。多分そのせいで爆発が大きく――」

「違いますね」

俺の言い訳は、マーサによって遮《さえぎ》られた。

確信に満ちた声だ。

「あれは火球の爆発でした。……そうじゃなきゃ、ヤバいって気付くわけありません」

そういえばマーサは、火球が爆発する前に『伏せろ』と警告していたな。

爆発が起きる前からあれの威力を理解していたというわけか。

これをごまかすのは難しそうだぞ。

「……じゃあ、コントロールのミスかもしれない。ほら、苦手だって言ったよな？」

「いや、そういう問題じゃないだろ……」

「コントロールの失敗であの威力が出せるなら、私は魔法のコントロールをやめます。っていうか……あの威力が出せるなら、コントロールの必要がありません」

「いや、でもたまには……」

「ありません」

言い切られてしまった。

どうやらマーサは魔法に対して、随分と自信があるようだ。

「一体どうやって、あんな魔法を使ったんですか？」

「あー……ドラゴンと話したことがあってな。その頃《ころ》から、たまに魔法の威力がおかしくなるんだ」

嘘《うそ》はついていない。

スライム強化のことを知ったのは、バオルザードと出会った少し後だしな。

「……そんな話、聞いたこともありませんが……危なくないんですか？」

「近くで爆発すると危ないから、最近は距離をとって魔法を使うことにしてるな」

「なるほど……まあ、とりあえずはそういうことにしておきましょう」

うーん。信じられてない感じだな。

まあ、テイマーがあんな威力の魔法を使ったという話をしたところで、誰も信じないだろう。

だからこの話が広まるような心配はいらないとして……本当に考えるべきなのは、マーサが心配したのと同じ事故……つまり『高火力魔法の暴発』だな。

魔法を撃つ時、威力が分からないというのはとてもやりにくい。

弱い魔物を倒す時、とりあえずという感じで火球を使うことは多いが……そんな時に大爆発が起こったりしたら大惨事《だいさんじ》だ。

もっと弱い魔法を使うという手もなくはないが、それはそれで転送対象が強化されていないスライムだった場合、倒し切れないことが多いし。

かといって、全員に強化回数を書いたマークを付けるとかも現実的じゃない気がする。

何か簡単に調べる方法はないだろうか。

などと考えつつ、炎属性が16段階になったスライムのステータスを確認してみる。

スライム
種族：スライム
スキル：弱酸、合体

属性：無
HP：5／5
MP：5／5
状態：テイム（マスター：ユージ）

やっぱり属性適性は書いていないみたいだ。

属性は『無』になっているし、これだけでは属性が分からない。

テイマーなのだから、仲間の魔物の能力くらいはもっと詳しく分かってもよい気がするのだが。

そもそも俺のステータス表示魔法はテイマースキルではないから、仕方ないのかもしれないが……何か他にないだろうか。

そんなことを考えつつ俺は、手持ちのスキルや魔法を探ってみる。

時間がある時にはこのリストを眺めて使えそうなものがないか探しているのだが……数が膨大すぎて、どれが俺にとって必要なのかいまいち分からないんだよな。

だが魔法リストには微妙な検索機能でもついているのか、目的を絞って探すと、それっぽい魔法が出やすいイメージがある。

今回もそうであればいいのだが……。

そう祈りつつスキルのリストを眺めていると、何やらそれっぽい魔法が見つかった。

『魔物使いの目《テイマーズ・アイ》』。

いかにも魔物のステータスを確認するのに役立ちそうな魔法だ。

とりあえず発動してみたところ、ステータスの表記が変わった。

スライム
種族：スライム
スキル：弱酸
属性：無
ＨＰ：５／５
ＭＰ：５／５

状態：テイム（マスター：ユージ）
魔力消費量：0・0000002／秒
弱点：炎
好物：葉っぱ、肉、魚、海藻、果物、その他食べられるものほぼすべて
生息地：世界全土
系統：スライム系

こんな感じで、スライムに関する情報が何十行も続いている。

その中に、『属性適性』という行があった。

炎属性適性：16（0+16）

こんな表記だ。

どうやらこの行が、属性適性強化の結果を表しているらしい。

これで確認は一応できそうだが、魔法を撃つたびに確認するのも面倒だな……。

特に何十匹もスライムを並べて同じ魔法を使うような時に、1匹ずつ調べていたら日が暮れ

てしまう。

『炎属性適性が3段階のスライムは集まってくれ！』とか言えば自己申告で集まってくれるかもしれないが、うっかり自分の炎属性適性を間違って覚えているスライムがいたりすると大惨事だし。

何かいい手はないものか……と思案していると、俺は他のスライムの頭にも同じようなステータスが表示されているのに気付いた。

そして……『炎適性だけ見たいな』と思った瞬間、表示が変わった。

炎属性適性：16

スライムの頭の上に、こんなウィンドウが浮かんでいる。

これは便利だ。

どうやらこの『魔物使いの目』はステータス表示の強化というより、文字通り『魔物を見る目』を強化する魔法のようだな。

今度からはこれで確認するようにしよう。
そんな実験をしつつルイジア・ライノ探しを続けていると、ルイドが俺に尋ねた。

「ユージ、Dランクって嘘だよな……？」

「いや、それは本当だ」

そう言って俺は、ギルドカードを見せる。
ランクの欄にはどう見てもDと書かれている。

「……ギルドは今まで何をやってたんだ？　いくらテイマーだからって、この強さでDランクはないだろ……」

「昔、登録直後でもうCランク級の実力がある人がいて、しばらくランクが強さに合わなかったって聞きましたけど……そういう感じだったりしますか？」

「あー……確かに、登録からはまだ2ヶ月も経《た》ってないな」

この世界に来たのがどのくらい前かは正確に覚えていないが、多分半年も経っていないはずだ。

『終焉《しゅうえん》の業火《ごうか》』とかに関しても、俺の仕業《しわざ》ではないということになっているし……さっきみたいな事故がない限り、俺がどんな魔法を使えるかなんて知られていないからな。

わざわざランクを上げる必要があるかと言うと、別にその必要もない。

ランクのせいで依頼が受けられずに困ったことはないし、パーティーを組むこともないのでナメられるような心配もいらない。

こういった状況で目立つためにランクを上げにかかるのは、過労死に繋がる。

優秀な奴が優秀だとバレたばかりに大量の仕事を押し付けられ、過労死したり退職したりするのを、俺は前世で嫌というほど見てきた。

だからこそ俺は、不必要に目立とうとしないのだ。

まあ……何度かやりすぎてしまったことはあるが、正当防衛というやつだろう。

過労死を避けるために魔物に殺されたら、それこそ本末転倒だし。

そもそも今は昔と違って、何かあれば簡単に逃げられる。

プラウド・ウルフの運動能力は元々高いが、こと逃げ足に関しては勝てる魔物すらほとんどいない気がする。

ギルドが追いかけてきても、プラウド・ウルフに乗ってあの逃げ足を発揮してもらえば全く問題ないというわけだ。

「俺から支部長に、ランクを上げてもらえるように頼んでおこう。ユージの実力があれば、1ヶ月とせずにBランクまではいけるはずだ。……Aランクでもおかしくはないと思うが、A は条件が特殊でな……」

「ありがたい話だが、遠慮しておこう。まだ冒険者としての経験が浅いから、経験を積みながらゆっくりランクを上げていきたいんだ」

「いいのか？　たとえ経験が浅くても、その実力だけでBランクには十分なはずだが……」

「冒険者には討伐《とうばつ》以外の依頼もあるんだから、魔法と索敵能力だけでベテランと同じように扱ってほしくはないんだ。冒険者になって1年も経ってない奴がベテラン向けの依頼を受けても、誰も幸せにならない」

これは割と本音だ。

確かにスライムの索敵能力や『魔法転送』による攻撃は強力だが、冒険者の仕事は魔物を倒すことだけではない。

護衛から薪割《まきわ》りまで、一般住民では難しいことは何でも依頼になると言っていい。

ここから上のランクになると、依頼の数が一気に減る。

そして、依頼を受けられる冒険者もかなり少なくなる。

今まではやりやすそうな依頼を選んできたが、高ランクともなると受けられる人数が少なくて、断りづらい依頼も増えてくるだろう。

となると、積極的にランクを上げに行くのはどんな依頼が来ても困らない程度の経験を積んでから……少なくとも1年は冒険者をやってからのほうがいいような気がする。

ギルドの側からランクを上げろとでも言われればまた話は変わってくるが、自分からランクを上げてくれと頼むと、ギルドに借りができてしまうし。

「ユージの火力と索敵能力で何とかならない依頼なんて、まずないと思うが……」

「ないですね。逆に低ランクの依頼のほうが経験が必要かもしれません。……高ランクになるほど、単純な討伐依頼とかが増えていきますし」

「ああ。Ｅランクとかの依頼が、一番面倒といえば面倒だよな。危険度は低いが、やたら根気が必要だったりするし」


そういうものなのか。

だとしたら、ランクを上げてもあまり困らないのかもしれない。

まあ困らないというだけで、わざわざ上げる理由もないのだが……。

などと考えていると、スライムの声が聞こえた。


『ゆーじー！』

『どうした？』

『なんか、サイみたいなのいるー！』

『強そうだよー！』

サイの魔物……ルイジア・ライノ《サイ》か。

いないと思っていたが、ちゃんといるんじゃないか。

少し安堵《あんど》しつつ俺《おれ》は、『感覚共有』でスライムの視界を借りる。

『っていうか、近くないか？』

俺が言う『近い』というのは俺自身ではなく、感覚共有を介して俺に情報を伝えるスライムに対してだ。

普段スライムたちは、普通に見ても気付かないような距離から魔物を見つけ、俺に伝えてから接近することが多い。

相手が弱い魔物の場合は近付いてから告げることもあるが、強いと思う魔物では基本的にそうだ。

そのため、報告を受けた段階だと魔物は豆粒くらいにしか見えないし、魔物にバレることもない。

だが今回のルイジア・ライノは、すでに魔法を撃てば簡単に届くような距離にいる。

些細《ささい》なことといえば些細なことだが、普段と違うので気になったのだ。

『うんー！　近づくまで、気づかなかったー！』

なるほど。気付かなかったのか。

周囲にはそれなりの数のスライムがいるが、他のスライムも気付いていなかったということは……この魔物は、気配とかを探りにくいのかもしれない。

そう考えると、今までいっこうに見つからなかったのも納得がいくな。

強い魔物は目立って見つかりやすいイメージだったが、こういうパターンもあるのか。

そう感心していると、魔物がこちらを向いた。

スライムには隠蔽《いんぺい》魔法をかけてあるはずだが……バッチリ目が合っているような気がする。

そのままサイの魔物は、視線を動かさない。

『……魔物がこっちを見てる気がするんだが』

なんだか、観察されているような気がする。

魔物が魔物を観察するのかという疑問は置いておいて、視線がそんな感じなのだ。

『たぶん、きのせいー』

『バレてたら、おそってくると思う！』

『……確かにそうだな』

魔物は基本的に、テイムされた魔物を見るなり襲ってくるか逃げるかする。

野生の魔物同士だと無視したり、逆に群れたりといったパターンもあるが、なぜかテイムした魔物は敵視されてしまうのだ。

なぜ野生の魔物と見分けがつくのかは分からないが、縄張りか何かが関《かか》わっているのかもしれない。

例外は、スライムとドラゴンだ。

スライムの場合は野生ですら警戒心というものが欠けているので、不用意に近付いてきたり、そのまま仲間になってしまったりする。

同族同士ならまだ分かるが、この世界に来たばかりでまだスライムをテイムしていなかった俺にさえ近付いてきて仲間になったので、そういう生き物なのだろう。

よく絶滅せずに今まで生きてきたものだと思わされるが、割とどこででも見かける魔物なので、生存率は数でカバーという方針なのかもしれない。

まあ俺が飼っているスライムたちは、奇跡的に死亡率ゼロを維持しているのだが。

『バレないように、じっとしていてくれ』

『わかったー』

いくら隠蔽魔法がかかっていても、スライムが動けば草木が揺れたりはする。

視力のいい魔物なら、そこに何かがいることに気付くかもしれない。

……幸運にも、魔物を見つけたのは炎属性適性が７段階まで上がったスライムなので、バレたらバレたで『火球』あたりを撃ち込めば消し炭にできるような気がするが。

『一応、名前を確認しておくか……』

仲間たちに伝える前に、一応ステータスを見ておこう。

見つけたと宣言しておいて違う魔物だったりしたら、索敵係としての信頼に関わる。

エンシェント・ライノ
種族：不明
スキル：不明
ＨＰ：１／１
ＭＰ：０／０
状態異常：不明

……ん？

なんだか不穏な文字が並んでいる。

エンシェント・ライノ……古代のサイとはいかにも強そうな名前だが、ステータスに不明が多いあたり、まさか本当に古代の生物だったりしないよな？

ＨＰやＭＰを見る限り、倒すのは全く難しくなさそうだ。

というか低すぎて逆に不気味なくらいだな。スライムでもＨＰは５あるぞ……。

状態異常不明というのも、初めて見る。

健康なら健康で、状態異常なしということになりそうだが……不明とは一体どういうことなのか。

スライムが『強そうな魔物』だと言っていたのは気になるが、元々は強かった魔物が状態異常で弱っている……などといった事情かもしれない。

もうちょっと詳しく分からないだろうか。

そう考えて俺は、『魔物使いの目』を発動した。

だが、何も起きない。

どうやら『魔物使いの目』は、自分がテイムした魔物にしか効果を発揮しないようだな。

……試しにテイムしてみるか？

討伐《とうばつ》依頼って確か、テイムで無害にした場合でも達成できたはずだし。


『聞こえるか？』


テイムするためには、まず意思疎通が必要だ。

ほとんどの魔物は言葉など通じないが、もし運良くこいつが話せる魔物なら、色々と楽ができそうだ。

ということで、スライムを介して話しかけてみたのだが……。


「……」


返事はなかった。

どうやら、話が通じないタイプの魔物のようだ。

これで平和的解決はなくなったな。

さて……こいつをどうするべきだろうか。

ステータス表示では『エンシェント・ライノ』という名前になっているが、『ルイジア・ライノ』と同じサイ系の名前であることに間違いはない。

地球でも同じ生物が2つの名前で呼ばれることなど珍しくはなかったし、こいつもそのパターンかもしれない。

何より、スライムたちはルイジア・ライノの生息域をほぼ索敵し終わっている。

そして今までに見つかったサイ系の魔物は、この1匹だけだ。

つまり消去法で考えると、こいつがルイジア・ライノだということになるのだ。

まあ、元々こういう特殊な魔物なのかもしれないし、他の冒険者たちに聞いてみるか。

こういうことがあるから、やはり経験を積まずにランクを上げるのは避けたいものだ。

ランクが低いからこそ、分からないことは気軽に聞けるし。

「なあ。エンシェント・ライノっていう魔物を知ってるか？」

「初めて聞く魔物だが……いきなりどうしたんだ？」

「スライムがサイの魔物を見つけたみたいでな。ルイジア・ライノだと思ったんだが……スライムたちはエンシェント・ライノだって言ってるんだ」

『……言ってないよー？』

スライムに疑問げな声を出されてしまった。

うん。すまん。嘘《うそ》をついた。

『ステータスがどうとか言っても説明が難しいからな。お前たちが言ったことにしておいてくれ』

『わかったー！』

うん。基本的には物分かりがいいんだよな。

食べ物が絡《から》むと、人格（スライム格？）が変わることがあるだけで。

「スライムが言ってるって……そのスライムたち、言葉が分かるんですか？」

「ああ。話しかけてみるか？」

「や……やってみます」

マーサはそう言ってスライムの目の前に立ち、おずおずと話しかけた。

「えっと……手を上げてみてもらえますか？」

『はーい！』

スライムが返事をしながら体の一部を伸ばし、手を上げるように動いた。

その様子を見て、マーサたちが目を丸くした。

スライムの声は俺にしか聞こえていないだろうが、スライムが今の言葉を理解したことは彼らにも分かっただろう。

「な？」

「本当に言葉が分かるんですね……」

「スライムってこんなに賢かったのか……。それで、このスライムたちが魔物はエンシェント・ライノだって言ってたのか？」

「ああ。少なくともサイの魔物なのは間違いなさそうだが……スライムが呼んでいる名前と、人間が呼んでいる名前が同じだとは限らないんだよな……」

このステータスの表示名って、どうやって決まるんだろうな。

複数の呼び名がある魔物なんていっぱいいるだろうし、そもそも国によっては言語も違ったりするだろう。

表示の法則でも分かればこういう問題も起きなくなるのかもしれないが、今のところは難しそうだ。

「ふむ……とりあえず、この森にサイの魔物は1種類だけしかいない。だからサイの魔物がいたならそいつがルイジア・ライノで間違いないと思うが、一応そいつの大きさを教えてくれるか？」

「ワイルドボアより一回り大きいくらいだな」

「なるほど。……確かそのサイズでサイ系なら、強い魔物はいなかったはずだよな？」

「えっと、Cランク上位は何種類かいたと思いますけど、このパーティーで対処できないレベルの魔物はいないはずです。別大陸とかイビルドミナス島だと話がまた別ですね」

「流石《さすが》に他の大陸までは想定できないな。そこまで心配してたら冒険者なんてやってられん」

「ですね。一度見に行ってみましょう」

どうやら見に行ってみる方針で決定のようだ。

あれが目当ての魔物だと嬉《うれ》しいのだが……さて、どうだろうか。

◇

それから10分ほど後。

俺たちはスライムの案内で、エンシェント・ライノのもとへとやってきていた。

「あそこにいるのが、見つけた魔物だ」

「今まで見たものとは色や角の形が少し違う気がするが……魔物にも個体差があるからな。あれがルイジア・ライノかどうかは、死体をギルドに持って帰って確認しよう」

「そうですね。とりあえず倒してしまいましょう」

「ああ。……俺とガイアが前衛を引き受ける。マーサは攻撃を頼む」

そう言って二人は盾を構え、俺たちの前に並んだ。

敵が前衛に攻撃を仕掛けているような状況だと、魔法に巻き込まれてしまう気がするが……

マーサのコントロール力であれば、うまいこと魔物だけを攻撃できるのだろうか。

……とりあえず、俺は手を出さないほうがよさそうな気がするな。普通に味方に当ててしまいそうだ。


「俺はどうする？」

「ユージはあくまで索敵担当だから、緊急時以外は見ていてくれて構わない」

「ああ。元々俺たちだけでカタをつけるという依頼だからな。戦闘は任せてくれ」


なるほど。見ているだけでいいのか。

巻き込みとかを考えながら戦わなくていいのは、少し安心するな。

任せていいというなら、その言葉に甘えておこう。

などと考えつつ俺は、少しだけ後ろに下がった。

非戦闘員が前に出ても、巻き込みが気になって邪魔だろうからな。

「……見てますね」

「普段なら俺たちに気付くなり襲ってくるもんだが……こういうパターンもあるんだな」

「なんだか気味が悪いな……」


エンシェント・ライノはルイドたちのほうをじっと見つめたまま、動こうとしなかった。

逃げもせず、攻撃もせず、威嚇《いかく》すらせずにじっと俺たちのほうを見つめている。

これは……ＨＰが１しかないのと何か関係があるのだろうか。

普通に考えれば、敵の体力が少ないのはいいことなのだが……なんだか気になる。

一応、警告しておくか。

何を警告していいのか分からないのが難しいところだが、何も言わないよりはマシだろうし。

「なんというか、普通の魔物じゃないような気もする。気をつけてくれ」

「何に気をつけたらいいのか分からんが……分かった。索敵者のカンはよく当たるからな。最初は防御重視でいこう」

そう言ってルイドは剣をしまい、盾を両手で構え直した。

攻撃は完全にマーサ任せにするようだ。

「分かった。……防御なら俺の出番だな」

ガイアも同じように剣をしまうと、盾を振り上げた。

今気づいたが、ガイアの盾の下部は杭《くい》のように尖《とが》っている。

そして彼が盾を振り下ろすと、盾は地面に深々と突き刺さった。

たとえ突進を受けても、衝撃は地面が吸収してくれるというわけだ。

移動ができなくなるというデメリットはあるが、防御力という意味ではとても頼もしい。

「ガイア、最初に攻撃を受け止める役目を任せていいか？」

「もちろんだ。……マーサは俺が突進を受け止めて、勢いを殺したのを確認してから攻撃を始めてくれ。先制攻撃を仕掛けると、敵が俺じゃなくてマーサを狙《ねら》ってくるかもしれない」

「敵がガイアを避けたら避けたで、俺が防ぐつもりではあるがな。一番勢いの乗った初撃をガイアに止めてもらえれば、そこからの戦いはだいぶ楽になる」


なるほど、盾役ってそうやって使うのか。

今は基本的に距離をとって戦っているが、盾役になれるような魔物を見つけてテイムすればもう少し戦いやすくなるのかもしれない。

……とはいえ、今の戦い方で勝てない相手となるとまず間違いなくコントロールの効かない『極滅《きょくめつ》の業火《ごうか》』クラスの魔法を撃ち込むことになるので、その巻き込みに耐えられる耐久力のある魔物となると……それこそ真竜《しんりゅう》くらいしか思い浮かばないのだが。

敵が強い時には魔法使いみたいな戦い方をすることが多いが、テイマーはある意味『一人で大規模な魔物パーティーを構築できる職業』でもある。

そういう意味では、冒険者パーティーの戦い方というのは参考になるかもしれないな。

スキルの性能も大事だが、戦い方によってスキルを活《い》かすようなヒントが見つかるかもしれないし、冒険者の戦い方というやつも色々見てみたほうがいいかもしれない。


などと考えながら俺は、ルイドたちの作戦会議をのんきに眺める。

敵のステータスはやや不自然だが、不自然に高いというわけでもないので、まあ余程のイレギュラーがなければ何とかなるだろう。


「魔法の狙いはどうしますか？」

「一番の弱点は恐らく目だと思うが……当てられるか？」

「突進さえ止めてもらえば、数発で当てられるとは思いますが……安全策という意味では、後ろ脚を狙ったほうがいいかもしれません。突進を主体にして戦う魔物は、移動能力さえ奪ってしまえば怖くありませんから」

「……下手《へた》に目を潰《つぶ》して予測のしにくい動きをされるより、その方が安全か。分かった、狙いは後ろ脚で頼む」

どうやら勝ちを急がず、慎重に戦うつもりのようだ。
こうして作戦がまとまったところで、ガイアが地面から拾い上げた石を、エンシェント・ライノに投げつけた。

「さあ来い！」

ガイアが投げた石は、正確なコントロールでエンシェント・ライノに向かって飛んでいく。
エンシェント・ライノは石に目をやったが、避けようとはしなかった。

「……避けない？」

そのまま石が当たったのを見て、ガイアは驚いたような顔をした。
まさか魔法ですらないただの石が当たるとは思わなかったのだろう。

「攻撃を仕掛けてこないのを怪しんでいたが……もしかしてこれは、単に弱ってるとかか？」

「そうかもしれない。飛んでくる石すら避けられないとは、病気か何かか」

「本当に動けないと決まったわけじゃないので、油断はできませんけどね。……向かってこないとなると攻撃が仕掛けにくいですが、どうしますか？」

「仕方ないから距離を詰めよう。向こうが急に突進してきても、助走距離がなければ威力は出にくい」

そう言ってガイアが、腰に差していた剣を抜く。

その瞬間――エンシェント・ライノの姿が消えた。

「え？」

「消えた⁉」

急に敵を見失って、ガイアたちが困惑の声を上げる。
先程まで目の前にいた魔物は、幻《まぼろし》か何かだったとでも言うのか。
その答えは――すぐに分かった。

「がっ⁉」

盾を構えたまま周囲の様子を伺《うかが》っていたガイアが、突如盾ごと吹き飛ばされる。
その目の前には、先程まで石を投げられても動きすら見せなかったエンシェント・ライノがいた。

「なっ……いつの間に⁉」

「分からんが動きが止まったことに変わりはない！　今のうちに――」

そう言ってルイドは、ガイアを吹き飛ばしたままの姿勢で立っていたエンシェント・ライノの後ろ脚に斬《き》りつける。

熟練の冒険者というだけあって、異常事態でもすぐに体が動くようだ。

ルイドの剣は無駄のない軌道でエンシェント・ライノの脚へと吸い込まれ――パキンという音とともに折れた。

「は？」

折れた剣を見て、ルイドが困惑の声を上げた。

初心者ならともかく、ベテランの冒険者が強い魔物を討伐《とうばつ》する依頼を前に、武器の手入れなどをおろそかにするわけがない。

となれば、剣が折れた理由など一つしかない。斬ろうとしたものが悪かったのだ。

「なんだこの意味不明な硬さは！」

そう呟《つぶや》きながらルイドは、予備の剣を取り出そうとする。

だがその手は、剣に届かなかった。


「がっ……！」


エンシェント・ライノが角を軽く振ると、ルイドの腰に差さっていた剣が吹き飛ばされた。

タイミングと角度的にはルイド自身に当たってもおかしくなかったが……被害が剣だけだったのが、むしろ幸運に感じるほどだ。

「ルイジア・ライノって、こんなに強い魔物だったのか？」

「そんなわけないだろ！　これは別物だ！　……剣は恐らく効かない！　魔法攻撃を頼む！」

一度斬ろうとして失敗しただけで『効かない』宣言とは……。

そこまで言わせるだけ、異常な手応えだったということか。

そもそも、あの魔物のＨＰは１しかなかったはずだ。

剣で１ダメージでも与えられていれば、当然倒せるはず。

それが倒れないということは、文字通り『全く効いていない』ということだろう。

「当てられそうなタイミングを探っていたんですが……そうもいきませんか！」


「火球！」


嫌な予感を覚えつつも、俺《おれ》とマーサが魔法を放った。

だがライノは、それを避けようともしなかった。

２発の炎魔法が爆発《ばくはつ》し、ライノが炎に包まれる。

逃げるでも反撃するでもなく、ライノは炎の中から俺たちを見つめる。

まるで俺たちの実力か何かを見極《みきわ》めようとしているかのようだが……魔物がそんなことをするのだろうか。

いずれにしろ、先程の魔法では威力不足だったようだ。

だが今の魔法を撃った時にはルイドを巻き込まないように、炎属性適性のあるスライムに離れてもらっていた。

『極滅《きょくめつ》の業火《ごうか》』などを使わなくとも、あれより高威力な魔法はいくらでも撃てる。

撃てるのだが……本当に効くだろうか。

避けさえしない魔法が多少強化されたところで、それだけでカタをつけられるとも思えない。

それどころか半端《はんぱ》に傷を負わせてしまえば、怒り狂ってこちらに全力の攻撃を仕掛けてくる可能性もあるのだ。

昔に比べれば俺自身を守る魔法の数は充実してきてるとはいえ、あのような得体の知れない魔物の攻撃を受けたくはない。

少し考えた末、俺は魔法を使った。

「対物理結界！　魔法反射結界！」

敵を仕留めるよりも、まずは一方的に攻撃できる状況を作るほうが先決だ。
どんな魔法が効くかは、その後でじっくりと調べればいい。

「ユージ、結界魔法も使えたのか！」

「ああ。少しはな」

この際パーティーメンバーに多少の手札がバレるのは気にしていられないだろう。
火球が全く効かず、姿を消したかのような速度での突進が可能な魔物が目の前に現れたなど、十分すぎるほどの緊急事態だ。
魔法について黙っていてもらえるように交渉するのは、こいつを片付けた後でいい。
……魔法を見られるにしても、『終焉《しゅうえん》の業火《ごうか》』や『破空《はくう》の神雷《しんらい》』クラスの魔法でなければ、大した問題ではないしな。

「範囲凍結・中」

炎魔法が効かないにしても、氷魔法ならまた話が変わってくるかもしれない。

もしダメージにならなくとも、敵の行動を止める役には立つだろう。

そう思って使ってみたのだが……その結果は、予想とは全く違うものになった。


魔法の発動と同時に、エンシェント・ライノのはるか手前が凍りついたのだ。

確かにエンシェント・ライノを狙《ねら》ったはずなのに、狙った場所には何の変化もない。


「まさか、弾かれた……？」


魔法が弾かれた。

それ以外に言い表しようがない。


『火球』のような実体を持たない魔法が、果たして『弾かれる』ことがあるのかどうか。

それは分からないが、魔法の発動に『魔力を飛ばす』工程が必要だとしたら、その魔力を弾くことで理屈上は『範囲凍結』のような魔法も防げるはずだ。

魔法の理屈には詳しくないが、魔法の発動に魔力が必要な以上、何らかの形で発動の場所に送り込まれているのだろう。

敵に当たった魔法が弾かれたとしたら、敵のはるか手前に『範囲凍結』の効果が現れたのも納得がいくし。

それにしても、魔物の動きが読めない。

普通の魔物なら『目の前にいる敵を殺す』なり『人間を食う』なり『逃げる』なり……何らかの目的を持って行動しているはずだ。

そうでなかった相手など、生まれたての真竜《しんりゅう》くらいのものだろう。

だが目の前の魔物は、そういった行動原理が全く見えない。

かといって何もしないわけではなく、ガイアには目にも止まらぬ突進で彼を弾き飛ばし、またルイドの予備の剣は吹き飛ばされた。

にもかかわらず俺たちの魔法には全く無反応というのが、不気味なところだ。

攻撃を受けた時だけ反撃するということであれば、俺やマーサも狙われるはずだし。

「……火球！」

今度は、炎属性適性を強化したスライムを介しての魔法だ。

それも16段階強化のスライムとファイアドラゴンの防具を併用した——俺が放てる中でも、

最大威力の『火球』。

火球の爆発が結界内部を白く染め上げ、結界の外からでも感じるほどの熱で内部を焼き尽くした。

敵が魔法を使わないにもかかわらず『魔法反射結界』を張ったのは、自分自身の魔法を閉じ込めるためだ。

ファイアドラゴンの魔物防具と炎属性適性を併用するのは初めてだが、ここまでの威力になるとは。

少し前の俺なら、『極滅の業火』と勘違いしても不思議ではないかもしれない。

「……魔法反射結界！」

威力を見ていたら心配になってきたので、結界を1枚増やしておいた。

この威力の魔法でもし間違って結界が破れたりしたら、それこそ洒落《しゃれ》にならない。

「なっ……何ですかあの威力⁉」

「本当に『火球』なのか⁉　試し撃ちの時とは、比べ物にならない……！」

異常な威力の魔法を見て、マーサたち二人が驚愕《きょうがく》の声を上げる。

そういえば、このクラスの魔法を人が見ている場所で使うのは初めてだな……。

一応、ごまかしておくか。

「やっぱり威力が不安定だな。たまにこういうことに……」

「いや、ならないだろ」

「1万歩譲って攻撃魔法自体は置いておくとしても、それに耐えられる結界を張れるのは実力以外ありえませんよね……？」

ごまかせなかった。

そうか。結界魔法を使ってしまうとごまかしが効かないのか。

「ああ。命の恩人が秘密にしたいって言うなら、それをバラすほど恩知らずじゃないつもりだ」

「私もです。ユージさんがいなければ、一体どうなっていたか……」

「俺もだ。役目を果たせずふがいないばかりだな」

エンシェント・ライノに盾ごと吹き飛ばされたガイアも、いつの間にか戻ってきていた。

致命傷を受けるような食らい方には見えなかったが、どうやら無事だったようだ。

「ありがとう。もっとも……まだ終わってないみたいだけどな」

結界の中はまだ炎に包まれていて、状況は見えない。

人間の目では、内部の状況など分からないだろう。

だが、人間以外にとっては別だ。

『ゆーじー！　いきてるー！』

『あいつ、いきてるよー！』

スライムたちは俺に、戦いが終わっていないことを伝えている。

どうやら今の魔法でも、エンシェント・ライノを倒すには至らなかったようだ。


今の魔法で倒せないとなると、いよいよ得体《えたい》が知れない。

正真正銘、常識外れの化け物だと言って差し支えないだろう。


とはいえ……倒す方法はなんとなく思い浮かぶ。

ドラゴン相手でも、火球は全く効かないだろう。

それでも『終焉の業火』や『極滅の業火』、『破空の神雷』などは効くし『ケシスの短剣』で収束させれば真竜にだって効く。


同じやり方で倒せないことは……恐らくないだろう。

いくら不気味だとはいっても、真竜より耐久性を持っているとは考えにくい。

というか、流石《さすが》にそんな生き物はいないだろう。


しかし、あのクラスの耐久性を持つ魔物が相手となると、できれば一人で戦いたいところだな。

『終焉の業火』クラスの魔法を使うところは見られたくないし。

そんなことを考えていると……炎が薄れてきた。

攻撃魔法を受けて、流石に魔物も怒っていると思いきや……。

「なんだ、あれ？」

「逃げようとしている……？」

エンシェント・ライノは俺たちを無視……いや、むしろ俺たちから離れるように歩いていた。

『逃げる』というには動きがゆっくりすぎる気もするが、少なくとも戦意はなさそうだ。

……となると、一つの選択肢が浮上するな。

それは魔物を放っておいて、このまま戦線を離脱するという選択肢だ。

あの魔物は、さほど能動的に俺たちに攻撃を仕掛けてはこなかった。

もしや、このまま放っておいて距離をとれば、追撃はしてこないんじゃないだろうか。

「これ……そのまま放っておいていいんじゃないか？　依頼対象じゃないはずだし」

「言われてみればそうだな……」

見た目こそ似ているが、戦闘力からして目の前にいる魔物がルイジア・ライノではないのは明らかだ。

というか、こんな魔物がCランクなわけがない。

もしこいつが本気で俺たちを殺しにきていたら、それこそ対ドラゴン戦のごとき戦いをする必要があったことだろう。

対ドラゴン戦と違うのは、こいつは放っておいても無害かもしれないという点だ。

攻撃を仕掛けたり、挑発したりしなければ襲われないのであれば、冒険者に注意喚起をしておけばそれで済む。

わざわざ倒す必要があるかというと、そうでもないだろう。

そもそも相手は、ギルドの依頼対象ではないのだし。

ギルドにどう説明をするかは少し難しいところだが、それもベテランの冒険者たちがついていれば問題はないはずだ。

そう考えると、今考えるべきは……こいつが本当に無害かどうかだな。

などと思案していると、エンシェント・ライノが俺の結界にぶつかった。

彼はまるで結界が見えないかのように、壁に向かって歩いていたが……。

そのまま数歩歩こうとし、結界に阻《はば》まれて脚が滑ったところで、行動を起こした。

「ヴァアアアアァァ！」

鳴き声とも咆哮《ほうこう》ともつかぬ音とともに、俺の『対物理結界』が砕け散った。

攻撃にすら見えない、ただの鳴き声で。

「マジかよ……」

ドラゴン相手では簡単に壊されがちな『対物理結界』だが、そこらの魔物の物理攻撃なら、簡単に跳ね返すだけの強度を持っているはずだ。

それがまさか、攻撃すらされずに壊されるとは思っていなかった。

結局のところあれは物理攻撃用の結界なので、もし鳴き声に魔力でも練り込まれているなら、結界が壊れるのも無理はないが……。


「こいつ、本当に放っておいて大丈夫なのか……?」


古代《エンシェント》のという名前からして、恐らくこいつは古くからいる魔物だろう。

異常な能力と硬さからして、ヤバい魔物であってもおかしくはないはずだ。

その可能性は、先程の咆哮でより高くなった。


実はこいつが成長途中の真竜で、育つまでサイの魔物に擬態《ぎたい》していた……などといった場合、放っておくと大変なことになる。

ステータスに見れない部分があるのだし、そういった可能性もないとはいえない。

だが、そこまで強力で特殊な魔物であれば、それなりに名前は知られている可能性が高い。

ベテラン冒険者たちが知らないのなら、『今の時代では』有名な魔物というわけじゃないいんだろうが……少なくとも、こいつが生まれた時代には、有名だったんじゃないだろうか。
だとしたら、聞けるやつがいる。

『バオルザード、聞こえるか？』

『どうした？』

スライムを介して通信を送ると、すぐにバオルザードの声が返ってきた。
真竜について俺に教えてくれたのはバオルザードだ。
普通の魔物などは彼も守備範囲外だろうが、ヤバい奴《やつ》に関しては、知っている可能性も十分あるだろう。
逆に言えば……彼が知らない魔物なら、恐らく放っておいても大丈夫だということだ。

『妙な魔物を見つけたんだ。サイの魔物なんだが……何か知らないかと思ってな』

『真竜以外の魔物は知らんぞ。冒険者にでも聞いたほうがいいのではないか？』

『聞いたんだが分からなくてな……どうやら古代の魔物っぽいから、バオルザードなら分かるんじゃないかと思ったんだ』

やはりバオルザードも、普通の魔物には詳しくないか。

バオルザード以外となると、知っていそうなのはシュタイル司祭だが……彼の場合は俺から聞くより、必要だと思えば向こうからやってくるからな。

本人の知識というよりは神のお告げのようなので、聞いても知っているとは限らないし。

『古代の魔物……なぜそれが分かったんだ？』

『魔物の名前が分かる魔法があるんだが、そこで『エンシェント・ライノ』という名前が出てきたんだ』

『名前か。だが一つの魔物に複数の異名がつけられることなど、全く珍しくはない。そうではないか？』

『ああ。だからあくまで、手がかりの一つって感じだな』

この様子だと、バオルザードは知らなそうだな。

ということは……放っておいて大丈夫だろうか。

一応、スライムによる監視くらいはつけておけるし。

この魔物は怪しげだが、距離をとって何匹かのスライムで囲んでおけば、何かあっても対処のしようはあるだろう。

そのまま放っておいてもいいし、こいつの正体を調べることもできる。

真竜と違って強力な範囲攻撃を使うわけでもないので、監視すらつけずに放っておいても人した被害にはならないだろうし。

『む……先程、サイの魔物と言ったか？』

俺が監視の方法を考えていると、バオルザードがそう呟《つぶや》いた。

どうやら何か思い出したような様子だ。

『心当たりがあるのか？』

『もしかしてだが……そいつ、魔力を帯びた咆哮を放たなかったか？』

……魔力を帯びた咆哮。

俺の『対物理結界』を砕いたのが、多分それだよな……。

流石にあの威力の物理攻撃で砕けるほど『対物理結界』は弱くない。

ということは、あれは魔法攻撃だ。

『ああ。ちゃんと調べたわけじゃないが、魔法攻撃らしき咆哮はあった』

『まさか、アレまで出てきたか……』

『知ってるのか』

やはりバオルザードに聞いて正解だったな。

バオルザードの口調から判断する限り、あまりいい魔物ではなさそうだが。

『知っているというか、聞いたことがあるだけだな。私も実物を見たことはないが、真竜が現れた頃に話だけなら聞いた』

『どんな話だ？』

『アレの正体に関しては、当時の人間たちも摑《つか》みかねていたようだが……真竜の魔物版だという話になったらしい』

真竜の魔物版……。

やっぱり、それ系の魔物だったか。

『ということは、こいつもまだ成長途中だったりするのか？』

『……我が言うのもなんだが、ドラゴンと他の魔物では生物としての格が違う。未成長の段階ですら脅威《きょうい》になるのは真竜だけだろう』

『なるほど。じゃあ、この強さでもう完全体なのか。……ってことは、そこまで危険な魔物でもないのか？』

『いや、普通の人間にとっては十分すぎるほど危険な魔物だが……当時も凄《すさ》まじい被害を出したらしいしな』

凄まじい被害……こいつが？

確かに強いことは強い。あの速度をフルに使って暴《あば》れ回れば、一般人の10人や20人は簡単に殺せるだろう。

だが戦意も感じなければ自分から攻撃もしてこない魔物が、何千人もの人間を犠牲にして真竜を倒そうとしていた時代でいう『凄まじい被害』など出せるものだろうか。

『ユージ、急に黙ってどうした？』

『いや、こいつがそんなに強い魔物だとは思えなくてな。どのくらいの被害を出したんだ？』

『街を一つ崩壊させたと聞いている。奇跡的に死者は出なかったらしいが……どうあがいても討伐できず、呪具を使って封印したという話だ』

街一つ崩壊……。
それは随分な被害だな。
確かに、死者が出なかったのは奇跡だ。

『小さい街だったのか？』

『いや、小さいどころか、国の中心となっていた大都市だ』

『それで倒せなかったのか……下手をすれば真竜より頑丈なんじゃないか？』

『それはないな。確かに当時の人間では倒せなかったが、真竜が出るより少し前の、まだ強力な魔物と渡り合うための装備が充実していなかった時代だ。……むしろ、アレを倒せなかった反省をもとに軍備が強化されたと言ったほうがいいか。真竜対策用の装備があれば、簡単に倒せた気もするな』

真竜よりさらに古い魔物だったというわけか。

もしかしたらこいつも、『赤き先触《さきぶ》れの竜』とかが出てくる前からここにいたのかもしれないな。

『ってことは……倒せるんだな？』

『少なくとも、ユージの魔法であれば倒せると思うぞ。というか、ユージの魔法で倒せないわけがないだろう。常識的に考えればな』

『あの頑丈《がんじょう》さを見てると、それもありえるって気になってくるんだが……』

『気になるなら、やってみればよかろう。ダメならダメで、昔みたいに封印する手もあるしな』

封印ってどうやるんだよ……。

などと疑問を覚えつつも、俺はエンシェント・ライノの様子を見る。

エンシェント・ライノは特に敵意を見せる様子もなく、どこかへ歩いていこうとしていた。

だが、こんなのでも昔は、大都市を一つ滅ぼしたことがある魔物だという話だ。

今はおとなしいとは言っても、いつ豹変《ひょうへん》しないとも限らない。
このまま放っておいて、魔力切れの時にでも暴れられるとまずいな。
スライムが監視についていても、俺が魔力切れでは戦えない。
……倒せるうちに、倒しておくか。

「先に逃げてくれ」

こいつがどれだけの力を持っているかは分からないが、本気の戦闘となれば周囲を巻き込んでしまう可能性は高い。

彼らには、一度逃げてもらったほうがいいだろう。

一旦《いったん》普通に街に帰って、その後でこいつを倒しに来るという手も一応はあるのだが……あの速度で逃げられてしまうと、見失う可能性も高いからな。

「逃げてくれって……まさかお前、一人で戦うつもりか？」

「ああ。放っておくわけにもいかなそうな魔物だからな。……だが、俺《おれ》がこいつと戦ったことは、黙っていてくれると助かる」

「確かに、放っておけば被害が出る可能性は高いな。ここで倒すのが冒険者としての責務……か」

そう言ってルイドは俺の前に立ち、エンシェント・ライノに向かって盾を構えた。

前衛として戦うつもりのようだ。

……味方に人間がいると、逆に戦いにくいのだが……。

「ガイア、お前も来るか？」

「当然だ。索敵係を一人で置いて逃げるわけには……」

「逃げましょう」

残って戦おうとする二人の声を、マーサが遮《さえぎ》った。

できれば残りの二人も連れていってほしいところだが……。

「索敵係を置いて、逃げろっていうのか？」

「力になれるなら残るべきです。私もできればそうしたいですが……足手まといになるくらいなら、逃げたほうがマシです」

「だが……」

「ただの『火球』であれだけの威力を出せる人が、本当に『火球』しか使えないと思いますか？　私たちがいるから、使えない魔法がある……そう考えるのが自然です」

……逃げてほしい理由までバレてるのか。

二人の説得という意味ではありがたいが、どこまで気付かれているのか……ちょっと怖い気もするな。

まさか他の街でやった魔法とかまで、俺の仕業《しわざ》だとバレたりしないよな？

「ここで起きたことは、見なかったことにしましょう。それが一番いいです」

「見なかったことにって……それでいいのか？」

「これだけの実力を持っているユージさんが、今まで有名じゃなかったということは……まず間違いなく、本人が隠してたってことです。私たちを守るためにその力を使ってくれたっていうのに、バラすわけにはいかないじゃないですか」

マーサの言葉に、二人が頷《うなず》いた。

『守るために使った』は、ちょっと言いすぎな気がするが……黙っていてもらえるなら、それはありがたいな。

俺に関する情報が広まれば、俺が今までにやってきたことが『救済の蒼月《そうげつ》』に気付かれる可能性もある。

昔ほどの力は持っていないとは言っても、『救済の蒼月』は相変わらず脅威《きょうい》なのだから。

「それに……これだけ情報が広まっていないということは、もっと積極的に情報を隠していたのかもしれません。下手《へた》に喋《しゃべ》ろうとすれば、ユージさんに『口封じ』される可能性も……」

いや、しないが。

俺を何だと思ってるんだ。

……そう思ってくれていたほうが、話が広まる可能性は低くなるので、訂正もしにくいが。

「いや、ユージはそんな奴《やつ》じゃないと思うが……」

「口封じで殺すくらいなら、最初から助けなければいい話だしな……」

と思っていたら、残りの二人が訂正してくれた。

どうやら信用されていたようだ。

「確認するがユージ、一人で戦って大丈夫なんだな？　……相手が依頼にない魔物である以上、ここで倒す義務は全くない。全員で撤退《てったい》するのが一番普通の選択肢だが……」

「倒せなさそうなら、俺もすぐに撤退する。心配はいらない」

「分かった。じゃあ俺たちは逃げさせてもらうとしよう。……武運を祈る」

俺にそう告げてルイドは、ガイアたちとともに撤退していった。

それを確認して俺は、ゆっくりと移動を続けていたエンシェント・ライノに向き直る。

「さて……やるか。『絶界隔離《ぜっかいかくり》の封殺陣《ふうさつじん》』」

俺はまず最初に、結界魔法を発動した。

どんな咆哮《ほうこう》を使おうが、流石《さすが》にこの魔法は破れないだろう。

というか、これを破られたらお手上げと言わざるを得ない。

普段のドラゴン討伐《とうばつ》では使わない魔法だが、これを使ったのは周囲に『極滅《きょくめつ》の業火《ごうか》』を見られないため……ではなく、反撃を受けないようにだ。

エンシェント・ライノの動きは、下手をするとドラゴンより速かった。

大規模魔法の炎に隠れられて見失ったところを、背後から襲撃されたりすると危ないからな。

倒せないなら倒せないで、撤退までの時間稼ぎにもなるし、この結界は張っておいて損はない。

「結界越しでも、ステータスは確認できるみたいだな」

エンシェント・ライノ
種族：不明
スキル：不明
HP：1／1
MP：0／0
状態異常：不明

そう言って俺は、エンシェント・ライノのステータスを確認する。
相変わらずHPは1しかないし、状態異常も不明だ。
まずは効果の確認ついでに、属性適性なしでやってみるか。

できれば、『絶界隔離の封殺陣』にあまり負荷をかけたくないし。

『魔法を撃つから、炎属性の適性持ちは一旦離れてくれ』

『わかったー！』

そう言って俺の肩に乗っていたスライムのうち、何匹かが遠くに離れていく。

俺は『魔物使いの目』で残ったスライムに炎属性適性がないことを確認すると、魔法を発動した。

「極滅の業火！」

他の結界魔法とは違い、『絶界隔離の封殺陣』は光を通さない。

だから、効果はステータスで確認するしかないが……。

「効いた、か」

エンシェント・ライノ
種族：不明
スキル：不明
ＨＰ：０・７／１
ＭＰ：０／０
状態異常：不明

ＨＰは、確かに減っていた。
ただし０・３だけだ。

「いや、おかしいだろ……」

ＨＰ０・７ってなんだよ。小数点以下のＨＰなど見たことがない。
まあ、ＭＰがマイナスになる奴に言われたくないかもしれないが……。

いずれにしろ、『極滅の業火』が効くというのは朗報だ。

これが効かなければ、それこそケシスの短剣を使って接近戦を挑むか、結界ごと吹き飛ばす覚悟で16段階強化のスライムやファイアドラゴンの魔物防具を使って魔法を撃つか……という感じになるところだった。

安全なところから魔法を何度か撃つだけでいいなら、それが一番いい。


「極滅の――」


あと3発で、HPを削り切れる。

そう思って次の魔法を使おうとした時……声が聞こえた。


『やっと、終われるか……』


俺は声を聞いてあたりを見回すが、声の主は見つからなかった。

だが、どこから聞こえた声かの想像はつく。

何しろ声は正面――結界の中から聞こえたのだがから。

「……こいつ、真竜《しんりゅう》みたいなもんなんだよな？　喋れたのか……？」
今まで戦ってきて、真竜が喋ることなどなかった。
テイムはおろか、会話すらできなかったのだ。
バオルザードはこのサイを、真竜と似たようなものだと言っていた。
そして先程俺がテイムを試みた時にも、こいつは反応しなかった。
だが声は明らかに、結界の中から聞こえたんだよな……。
『……私をあんな連中と一緒にしないでほしいものだな』
結界の中から、また声が聞こえた。
どうやら幻聴などではなかったようだ。
『話せるなら、最初からそうしてくれよ……』
『む？　お主……私の言葉が分かるのか？』

『テイマーだからな。っていうか、さっき話しかけたはずだぞ?』


どうやらエンシェント・ライノには、会話の意思があるようだ。

先程は何も返事をしなかったが……もしかして、話す価値もないとか思われていたのだろうか。

『すまん、気付かなかったみたいだ。意識が朦朧《もうろう》としていたものでな。さっきの魔法で、ようやく眼が覚めた。……お主の存在にも今気付いたところだ。許してほしい』

『気付かないって、それは流石にないだろ……目の前から魔法を撃ったぞ』

『あいにく眼は見えぬし、魔法の気配も感じ取れぬものでな。……先程の魔法ほど膨大な魔力を帯びていれば、今の私でも感じ取れるようだが』


……眼が見えない?

確かにそう言われてみると、先程までの不可解な動きにも納得がいく。

こいつは俺やマーサの魔法を無視していたわけではなく、最初から俺たちの存在や魔法攻撃に気付いていなかっただけなのだ。

でもこいつ、まったく無抵抗だったわけじゃないよな。

ガイアやルイド……つまり魔法使い以外のメンバーには、目にも止まらぬ速さで攻撃を仕掛けていたはずだ。

『眼が見えない割には、随分と正確に攻撃を仕掛けてきた気がするんだが』

『む？　攻撃などした覚えはないが……』

結界の向こう側から、考え込む気配を感じる。

そして少しして、

『ああ。もしや刃物を持った者たちか？』

『そうだ』

『あれは刃物の気配を感じたから、反射的に体が動いてしまったのだ。……もう命にしがみつく気もないのだが、昔からの癖《くせ》というのは治らないものでな……』

なるほど。

そういえば二人とも、攻撃を受けたタイミングは剣を抜いた時だったな。

……なんというか、武術の達人みたいな奴だ。

『……そういえば先程、『真竜』がどうとか言っていたな？』

『ああ。それがどうした？』

『私が封印されてから、長い時が経《た》ったと思っていたが……まだ真竜は滅んでいないのか？いや……そもそも、世界は滅ばずに済んだのか？』

封印されてから……？

そういえばバオルザードは、真竜が出てくる少し前にこいつみたいな魔物が出てきて、封印されたって言ってたよな。

その封印された魔物って、どうなったんだ？

あの実力や特殊なステータスを見る限り、この魔物に寿命がなかったとしても驚くには値しないだろう。

まさか、今目の前にいるのが、そいつなんじゃないのか……？

『多分だが、一度滅んだ後だぞ』

『一度滅んだ……？』

『ああ。お前が封印された頃の文明は、今じゃ古代文明って呼ばれてる』

『そうか……封印を解かれた時には、まだ人間が生き残っていたのではないかと喜んだものだが……そうか、滅んだのか……』

エンシェント・ライノが、しみじみと呟《つぶや》く。

だが俺にとって気になったのは、むしろ別の部分だった。

『……封印が解かれた？　自分で抜け出してきたんじゃなかったのか？』

『いや、恐らく人為的なものだな。誰《だれ》が解いてくれたのかは知らんが……少なくとも私が受けた封印は、自然に解けるようなものではない』

わざわざ封印を解いて放置するって、また随分と怪しいことを……。

やりそうな奴らには心当たりがあるが、動機がよく分からないな。

まあ、そこに関しては後で調べてみるとしよう。

『それで、今の時代にも真竜がいるんだな？』

『ああ。少し前に戦いがあったばかりだ』

『それはいいタイミングに封印を解かれたみたいだな。……今度こそ、滅ぼされずに済むようにしたいものだ』

『……まるで人間の味方みたいな言い方だな』

都市一つ滅ぼした魔物の言い草だとは、とても思えない。

死者は出ていないという話だが……。

『味方というほどでもないが、真竜が勝つよりは余程マシだ。あいつらは気に食わん』

なるほど。

敵の敵は味方というわけか。

そういえば、こいつに歯が立たなかった反省をもとに作られた装備が、真竜戦で役に立ったという話だったな。

あれは偶然じゃなかったというわけか。

『じゃあ、もしかして街を壊して暴《あば》れたのも……』

『ああ。平和ボケしている人間どもに、目を覚ましてもらおうと思ってな。もっとも……問答無用で封印されてしまったのは想定外だったが』

『そういうことだったのか……』

どうやらこの魔物、意外といい奴だったようだ。

命乞《いのちご》いのためにでまかせを言っている可能性もなくはないが、なんとなく信用できそうな気がするんだよな。

『まあ、過去の封印について言い訳をするつもりもない。すぐに死ぬ身で何を言われたところで、意味などないしな』

『まだ殺すと決めたわけじゃないんだが』

『殺されずとも、残り短い命だ。伝えるべきこと……真竜に勝つ方法だけ伝えて、退場するとしよう』

『残り短い命……寿命か？』

『死期が分かるだけで、原因は分からん。封印と関係があるかもしれないし、別の要因かもしれない。だが死ぬということは分かる』

ふむ……原因不明か。

治療に使えそうな魔法にはいくつか心当たりがあるが、原因が分からないと流石に治療のしようがないな。

ＨＰ上限が１しかないのに何か関係があるような気がする

ステータスでは『状態異常：不明』としか書いていないが……『魔物使いの目』なら何か分かるかもしれない。

『もしかしたら、助けられるかもしれない。試してみるか？』

『試すって……何をだ？』

『テイムして、テイマーのスキルで原因を探ってみる。もしかしたら助かるかもしれない』

もしこれでテイムに成功して、エンシェント・ライノの命が助かったら……それこそ戦力としても申し分ない。

頑丈《がんじょう》さもスピードも桁違《けたちが》いだし、まさに不壊《ふかい》の移動砲台って感じだ。

ドラゴンに比べれば、テイムによる魔力消費も少ないだろうし。

『……テイム？　私をか？』

『ああ。試してみる価値はあると思わないか？』

『うまくいくとは思えないが……まあ、試して損をすることもないか。やってみるがいい』

エンシェント・ライノがそう呟くと同時にウィンドウが表示された。

『モンスター　エンシェント・ライノをテイムしました』

俺のＭＰは……『絶界隔離の封殺陣』のせいでマイナスにはなっているが、少しずつ回復しているようだ。

どうやら、エンシェント・ライノの魔力消費より、回復量のほうが大きいようだな。

そして肝心の、エンシェント・ライノのステータスだが……。

状態：第一種封印禁呪《きんじゅ》『永劫縛鎖《えいごうばくさ》』、弱化呪『体力漸減《ぜんげん》』、第二種封印禁呪『生命喪失』、解除妨害魔法『術式難読化』、知覚制限魔法『視覚遮断』、行動制限魔法——

といった調子で、無数の魔法……というか呪《のろ》いがかかっているようだ。ステータスが読めなかったのは『術式難読化』あたりが関《かか》わっていそうだな。

恐らく本人にも理由が分からない死というのは、これらの魔法が絡《から》み合《あ》って生まれたものなのだろう。

ということは、解呪《かいじゅ》すればいいわけだな。

「『絶界隔離の封殺陣』解除」

とりあえずテイムが成功してエンシェント・ライノは無害になったので、結界魔法を解除した。
すると中から、エンシェント・ライノの姿が現れた。
言われてみるとたしかに、目が白く濁《にご》っているな……。

「……解呪・極」

俺がそう魔法を唱えると……エンシェント・ライノの体が一瞬光った。
そして、ステータスが変動する。
変動したのは主に、ＨＰと状態異常の部分だ。

ＨＰ：４・７／５
状態：第一種封印禁呪『永劫縛鎖』、第二種封印禁呪『生命喪失』、知覚制限魔法『視覚遮断』、行動制限魔法――

呪いがいくつか減った。

そしてＨＰの最大値は、５になった。

「うーん。全部は消えないか……」

バオルザードを縛っていた呪いですら一撃で解除した魔法なのだが、それでもエンシェント・ライノにかかった呪いを全て解くことはできなかったようだ。

流石は、古代文明といったところか。

「どうだ？　まだ死にそうか？」

「いや……体はだいぶ楽になったな。少なくとも、死期が延びたような気はする」

「ならよかった。……魔力が回復したら、もうちょっとできることがないか試してみよう」

「……礼を言う」

解呪魔法も同時発動が可能だし、力押しでもう少し呪いを解けるかもしれない。

先程戦った時のことを考えれば……少し力を取り戻してもらうだけでも、十分すぎるくらい役に立つだろう。

今は『絶界隔離の封殺陣』などで魔力を消費しているので、一旦は後回しだが。

「それで……魔力回復を待つ間に、さっきの話を聞かせてくれないか？」

「真竜の話か」

「ああ、真竜に勝つ方法だ。……真竜で一番強いのは『黒き破滅の竜』とかいう奴らしいが……そいつ、倒せるのか？」

「結論から言うと、無理だ」

話が違わないか。

さっきこいつ、勝てる方法を教えるって言ってたよな。

無理ってどういうことだ。

「ああ、言い方が少し不正確だったな。……正確に言うと、この世界の人間には勝てる奴がいない」

「じゃあ、違う世界ならいいのか？」

「察しがいいな。もしや、そういう魔法に心当たりがあるのか？」

魔法に心当たりがあるというか、俺自身が別の世界の人間だからな……。

まあ、この世界の人間じゃなければ誰でもいいというわけではないのだろうが。

「いや、心当たりはないな。……違う世界の人間なら、誰でもいいってわけじゃないんだろ？」

「無論だ。そこで適性のある者を呼べる魔法を使う」

エンシェント・ライノはそう告げてから、一呼吸置いた。

そして、意を決したように俺に告げる。

「……神霊召喚《しんれいしょうかん》。それが真竜に勝てる可能性を作る、唯一の方法だ」

神霊召喚……聞いたことのある魔法だな。

確か、シュタイル司祭たちがやった儀式だったか。

儀式は失敗で、何も起きなかったと聞いているが……もしかしてこの世界、もう詰んでないか？

あとがき

はじめましての人ははじめまして。こんにちはの人はこんにちは。進行諸島《しんこうしょとう》です。

本シリーズも、7巻まできました。

累計部数は300万部を超え、まさに絶好調のシリーズとなっております！

お陰様でまだまだ続きを書かせて頂けそうですので、精一杯書かせて頂きたいと思います！

さて、7巻で初めて本シリーズを手に取ったという方のために、本シリーズの概要《がいよう》を軽く説明させて頂きます。本シリーズは、異世界に転生した主人公が自分の力の異常さをあまり自覚しないまま無双する作品です。最強の力を得た主人公と、テイムした仲間たちの手によって、異世界の常識は粉々になっていきます！

前巻までをお読み頂いた方はすでにおわかりの通り、本シリーズの軸は主人公無双です。

その軸は7巻までこようと、1ミリたりとも動かす予定はありません！　その上で、主人公のユージたちがどう活躍するのかに関しては……ぜひ本編でご確認頂ければと思います。

今回はあとがき2ページなので、謝辞《しゃじ》に入りたいと思います。

改稿などについて、的確なアドバイスをくださった担当編集の方々。

前巻までに引き続き、素晴《すば》らしい挿絵《さしえ》を描いてくださった風花風花《かざばなふうか》様。

漫画版を描いてくださっている彭傑《ポンジェー》先生、ＦｒｉｅｎｄｌｙＬａｎｄの方々。

それ以外の立場から、この本に関わってくださっている全ての方々。

そしてこの本を手に取ってくださっている、読者の皆様。

この本を出すことができるのは、皆様のおかげです。ありがとうございます。

8巻も今まで以上に面白《おもしろ》いものをお送りすべく鋭意《えいい》製作中ですので、楽しみにお待ちください！


最後に宣伝《せんでん》を。

来月は私の新シリーズ『殲滅魔導《せんめつまどう》の最強賢者』2巻が発売します。

『失格紋の最強賢者』のスピンオフで、マティアスの前世のお話となっています。

こちらも当然のごとく主人公無双……というか『戦闘シーンが、戦闘にならないのでは……？』というくらい主人公の強い作品となっておりますので、興味を持って頂けた方はぜひ『殲滅魔導の最強賢者』のほうもよろしくお願いいたします！


それでは、また次巻で皆様とお会いできることを祈って。

進行諸島

GAノベル

転生賢者の異世界ライフ７
～第二の職業を得て、世界最強になりました～

2020年11月30日　初版第一刷発行
2021年２月10日　第二刷発行

著者　進行諸島
発行人　小川 淳
発行所　SBクリエイティブ株式会社
〒106-0032　東京都港区六本木2-4-5
03-5549-1201　03-5549-1167（編集）

装丁　AFTERGLOW
印刷・製本　中央精版印刷株式会社

ISBN978-4-8156-0833-0
Printed in Japan

ファンレター、作品のご感想をお待ちしております。

〒106-0032　東京都港区六本木 2-4-5
SBクリエイティブ株式会社
GA文庫編集部 気付

「進行諸島先生」係
「風花風花先生」係

本書に関するご意見・ご感想は
下のQRコードよりお寄せください。
※アクセスの際に発生する通信費等はご負担ください。

https://ga.sbcr.jp/

最強のさらにその先を目指す、
戦う魔法使いの物語！
進行諸島先生×
風花風花先生の
大ヒットファンタジーを
殲滅魔導の
最強賢者
無才の賢者、魔導を極め最強へ至る
原作：進行諸島（GA ノベル／SB クリエイティブ刊）
キャラクター原案：風花風花
漫画：月澪＆彭傑（Friendly Land）
(c) Shinkoshoto / SB Creative Corp.Original Character Designs: (c) Huuka Kazabana / SB Creative Corp.

コミカライズ！
マンガUP！にて
大好評連載中！
最強を目指す、
戦う魔法使いの物語！
失格紋の最強賢者
～世界最強の賢者が更に強くなるために転生しました～
原作：進行諸島（GAノベル／SBクリエイティブ刊）
キャラクター原案：風花風花
漫画：肝匠＆馮昊（Friendly Land）